我交给你们一个孩子

张晓风
经典美文

四川人民出版社

| 目录 |
Contents

秋千上的女子

我交给你们一个孩子

这些石头，不要钱

四个身处婚姻危机的女人

地毯的那一端

种种可爱

Chapter1
秋千上的女子

只是一瞥，只在秋千荡高去的那一刹，世界便迎面而来。也许视线只不过以两公里为半径，向四面八方扩充了一点点，然而那一点是多么令人难忘啊！人类的视野不就是那样一点点地拓宽的吗？

春之怀古

　　春天必然曾经是这样的：从绿意内敛的山头，一把雪再也撑不住了，扑哧的一声，将冷脸笑成花面，一首渐渐然的歌便从云端唱到山麓，从山麓唱到低低的荒村，唱入篱落，唱入一只小鸭的黄蹼，唱入软溶溶的春泥——软如一床新翻的棉被的春泥。

　　那样娇，那样敏感，却又那样混沌无涯。一声雷，可以无端地惹哭满天的云。一阵杜鹃啼，可以斗急了一城杜鹃花。一阵风起，每一棵柳都吟出一则则白茫茫、虚飘飘、说也说不清、听也听不清的飞絮，每一丝飞絮都是一株柳的分号。反正，春天就是这样不讲理、没逻辑，而仍可以好得让人心平气和。

　　春天必然曾经是这样的：满塘叶黯花残的枯梗抵死苦守一截老根，北地里千宅万户的屋梁受尽风欺云压，犹自温柔地抱着一团小小的空虚的燕巢。然后，忽然有一天，桃花把所有的山村水郭都攻陷了，柳树把皇室的御沟和民间的江头都控制住了——春天有如旌旗鲜明的王师，因长期虔诚地企盼祝祷而美丽起来。

　　而关于春天的名字，必然曾经有这样一段故事：在《诗经》之前，在《尚书》之前，在仓颉造字之前，一只小羊在啮草时猛然感到的多汁，一个孩子在放风筝时猛然感觉到的飞腾，一双患风痛的腿在猛然间感到的舒活，千千万万双素手在溪畔在塘畔在江畔浣纱的手所猛然感到的水的血脉……当他们惊讶地奔走互告的时候，他们决定将嘴噘成吹口哨的形状，用一种愉快的耳语的声量来为这季节命名——"春"。

　　鸟又可以开始丈量天空了。有的负责丈量天的蓝度，有的负责丈量天的透明度，有的负责用那双翼丈量天的高度和深度。而所有的鸟全不是好的数学家，它们叽叽喳喳地算了又算，核了又核，终于还是不敢宣布统计数字。

至于所有的花，已交给蝴蝶去点数。所有的蕊，交给蜜蜂去编册。所有的树，交给风去纵宠。而风，交给檐前的老风铃去一一记忆、一一垂询。

春天必然曾经是这样，或者，在什么地方，它仍然是这样的吧？穿越烟囱与烟囱的黑森林，我想走访那踯躅在湮远年代中的春天。

秋千上的女子 ✿

楔 子

我在备课——这样说有点吓人，仿佛有多模范似的，其实也不是，只是把秦少游的词在上课前多看两眼而已。我一向觉得少游词最适合年轻人读：淡淡的哀伤，怅怅的低喟，不需要什么理由就愁起来的愁，或者未经规划便已深深坠入的情劫……

"秋千外，绿水桥平。"

啊，秋千，学生到底懂不懂什么叫秋千？他们一定自以为懂，但我知道他们不懂，要怎样才能让学生明白古代秋千的感觉？

这时候，电话响了，索稿的——紧接着，另一通电话又响了，是有关淡江大学"女性书写"研讨会的。再接着是东吴校庆筹备组规定要交散文一篇，似乎该写点"话当年"的情节，催稿人是我的学生张曼娟，使我这犯规的老师惶惶无词……

然后，糟了，由于三案并发，我竟把这几件事想混了，秋千，女性主义，东吴读书，少年岁月，粘粘为一，撕扯不开……

汉族，是个奇怪的族类，他们不但不太擅长唱歌或跳舞，就连玩，好像也不太会。许多游戏，都是西边或北边传来的——也真亏我们有这些邻居，我们因这些邻居而有了更丰富多样的水果、嘈杂凄切的乐器、吞剑吐火的幻术……以及，哎，秋千。

在台湾，每所小学，都设有秋千架吧？大家小时候都玩过它吧？

但诗词里的"秋千"却是另外一种，它们的原籍是"山戎"，据说是齐桓公征伐山戎的时候顺便带回来的。想到齐桓公，不免精神为之一振，原来这小玩意儿来中国的时候，正当先秦诸子的黄金年代。而且，说巧不巧的，正是孔老夫子的年代。孔子没提过秋千，孟子也没有。但孟子说过一句话："咱们儒家的人，才不去提他什么齐桓公晋文公之流的家伙。"

既然瞧不起齐桓公，大概也就瞧不起他征伐胜利后带回中土的怪物秋千了！

但这山戎身居何处呢？山戎在春秋时代住在河北省的东北方，现在叫作迁安市的一个地方。这地方如今当然早已是长城里面的版图了，它位于山海关和喜峰口之间，和避暑胜地北戴河同纬度。

而山戎又是谁呢？据说便是后来的匈奴，更后来叫胡，似乎也可以说，就是以蒙古为主的北方异族。汉人不怎么有兴趣研究胡人家世，叙事起来不免草草了事。

有机会我真想去迁安市走走，看看那秋千的发祥地是否有极高大夺目的漂亮秋千，而那里的人是否身手矫健，可以把秋千荡得特别高，特别恣纵矫健——但恐怕也未必，胡人向来绝不"安于一地"，他们想来早已离开迁安市，"迁安"两字顾名思义，是鼓励移民的意思，此地大概早已塞满无所不在的汉人移民。

哎，我不禁怀念起古秋千的风情来了。

《荆楚岁时记》上说："秋千，本北方山戎之戏，以习轻趣，后中国女子学之，楚俗谓之施钩，《涅槃经》谓之罥索。"

《开元天宝遗事》则谓："天宝宫中，至寒食节，竞竖秋千，令宫嫔辈，戏笑以为宴乐，帝呼为半仙之戏，都市士民因而呼之。"

《事物纪原》也引《古今艺术图》谓："北方戎狄爱习轻趫之态，每至寒食为之，后中国女子学之，乃以条绳悬树之架，谓之秋千。"

这样看来，秋千，是季节性的游戏，在一年最美丽的季节——暮春寒食节（也就是我们的春假日）举行。

试想在北方苦寒之地，忽有一天，春风乍至，花鸟争喧，年轻的心一时如空气中的浮丝游絮飘飘扬扬，不知所止。

于是，他们想出了这种游戏，这种把自己悬吊在半空中来进行摆荡的游戏，这种游戏纯粹呼应着春天来时那种摆荡的心情。当然也许和丛林生活的回忆有关。打秋千多少有点像泰山玩藤吧？

然而，不知为什么，事情传到中国，打秋千竟成为女子的专利。并没有哪一条法令禁止中国男子玩秋千，但在诗词中看来，打秋千的竟全是女孩。

也许因为初传来时只有宫中流行，宫中男子人人自重，所以只让宫女去玩，玩久了，这种动作竟变成是女性世界里的女性动作了。

宋明之际，礼教的势力无远弗届，汉人的女子，裹着小小的脚，蹭蹭在深深的闺阁里，似乎只有春天的秋千游戏，可以把她们荡到半空中，让她们的目光越过自家修筑的铜墙铁壁，而望向远方。

那年代男儿志在四方，他们远戍边荒，或者，至少也像司马相如，走出多山多岭的蜀郡，在通往长安的大桥桥柱上题下：

"不乘高车驷马，不复过此桥。"

　　然而女子，女子只有深深的闺阁，深深深深的闺阁，没有长安等着她们去功名，没有拜将台等着她们去封诰，甚至没有让严子陵归隐的"登云钓月"的钓矶等着她们去度闲散的岁月（"登云钓月"是苏东坡题在一块大石头上的字，位置在浙江富阳，近杭州，相传那里便是严子陵钓滩）。

　　我的学生，他们真的会懂秋千吗？她们必须先明白身为女子便等于"坐女监"。所不同的是，有些监狱窄小湫隘，有些监狱华美典雅。而秋千却给了她们合法的越狱权，她们于是看到远方，也许不是太远的远方，但毕竟是狱门以外的世界。

　　秦少游那句"秋千外，绿水桥平"，是从一个女子眼中看春天的世界。秋千让她把自己提高了一点点，秋千荡出去，她于是看见了春水。春水明艳，如软琉璃，而且因为春冰乍融，水位也提高了，那女子看见什么？她看见了水的颜色和水的位置，原来水位已经平到桥面去了！

墙内当然也有春天，但墙外的春天却更奔腾恣纵啊！那春水，是一路要流到天涯去的水啊！

只是一瞥，只在秋千荡高去的那一刹，世界便迎面而来。也许视线只不过以两公里为半径，向四面八方扩充了一点点，然而那一点是多么令人难忘啊！人类的视野不就是那样一点点地拓宽的吗？女子在那如电光石火的刹那窥见了世界和春天。而那时候，随风鼓胀的，又岂止是她绣花的裙摆呢？

众诗人中似乎韩偓是最刻意描述美好的"秋千经验"的。他的《秋千》一诗是这样写的：

池塘夜歇清明雨，

绕院无尘近花坞。

五丝绳系出墙迟，

力尽才瞵见邻圃。

下来娇喘未能调，

斜倚朱阑久无语。

无语兼动所思愁，

转眼看天一长吐。

其中形容女子打完秋千"斜倚朱阑久无语""无语兼动所思愁"，颇耐人寻味。"远方"，也许是治不愈的痼疾，"远方"总是牵动"更远的远方"。诗中的女子用极大的力气把秋千荡得极高，却仅仅只见到邻家的园圃——然而，她开始无语哀伤，因为她竟因而牵动了"乡愁"——为她所不曾见过的"他乡"所兴起的乡愁。

韦庄的诗也爱提秋千，下面两句景象极华美：

紫陌乱嘶红叱拨（红叱拨是马名），
绿杨高映画秋千。

——《长安清明》

好似隔帘花影动，
女郎撩乱送秋千。

——《寒食城外醉吟》

第一例里短短十四字，便有四个跟色彩有关的字，血色名马骄嘶而过，绿杨丛中有精工绘画的秋千……

第二例却以男子的感受为主，诗词中的男子似乎常遭秋千"骚扰"，秋千给了女子"一点点坏之必要"（这句型，当然是从痖弦诗里偷来的），荡秋千的女子常会把男子吓一跳，她是如此临风招展，却又完全"不违礼俗"。她的红裙在空中画着美丽的弧，那红色真是既奸又险，她的笑容晏晏，介乎天真和诱惑之间，她在低空处飞来飞去，令男子不知所措。

张先的词：

> 那堪更被明月，
>
> 隔墙送过秋千影。

说的是一个被邻家女子深夜荡秋千所折磨的男子。那女孩的身影被明月送过来，又收回去，再送过来，再收回去……

似乎女子每多一分自由，男子就多一分苦恼。

写这种情感最有趣的应该是东坡的词：

　　墙里秋千墙外道。

　　墙外行人，墙里佳人笑。

　　笑渐不闻声渐悄。

　　多情却被无情恼。

　　由于自己多情，便嗔怪女子无情，其实也没什么道理。荡秋千的女子和众女伴嬉笑而去，才不管墙外有没有痴情人在痴立。

　　使她们愉悦的是春天，是身体在高下之间摆荡的快意，而不是男人。

　　韩偓的另一首诗提到的"秋千感情"又更复杂一些：

　　想得那人垂手立，

　　娇羞不肯上秋千。

　　似乎那女子已经看出来，在某处，也许在隔

壁，也许在大路上，有一双眼睛，正定定地等着她，她于是僵在那里，甚至不肯上秋千，并不是喜欢那人，也不算讨厌那人，只是不愿让那人得逞，仿佛多称他的心似的。

众诗词中最曲折的心意，也许是吴文英的那句：

> 黄蜂频扑秋千索，
> 有当时，纤手香凝。

由于看到秋千的丝绳上，有黄蜂飞扑，他便解释为荡秋千的女子当时手上的香已在一握之间凝聚不散，害黄蜂以为那绳索是一种可供采蜜的花。

啊，那女子到哪里去了呢？在手指的香味还未消失之前，她竟已不知去向。

——啊！跟秋千有关的女子是如此挥洒自如，仿佛云中仙鹤不受网弋，又似月里桂影，不容攀折。

然而，对我这样一个成长于二十世纪中期的女子，读书和求知才是我的秋千吧？握着柔韧的丝绳，借着这短短的半径，把自己大胆地抛掷出去。于是，便看到墙外美丽的清景：也许是远岫含烟，也许是新秧翻绿，也许雕鞍上有人正起程，也许江水带来归帆……世界是如此富艳难踪，而我是那个在一瞥间得以窥伺大千的人。

"窥"字其实是个好字，孔门弟子不也以为他们只能在墙缝里偷看一眼夫子的深厚吗？是啊，是啊，人生在世，但让我得窥一角奥义，我已知足，我已知恩。

我把从《三才图会》上影印下来的秋千图戏剪贴好，准备做成投影片给学生看，但心里却一直不放心，他们真的会懂吗？真的会懂吗？曾经，在远古的年代，在初暖的熏风中，有一双足悄悄踏上板架，有一双手，怯怯握住丝绳，有一颗心，突地向半空中荡起，荡起，随着花香，随着鸟鸣，随着迷途的蜂蝶，一起去探询春天的资讯。

初　心 ✿

"初，裁衣之始也。"文字学的书上如此解释。

人生一世，亦如一匹辛苦织成的布，一刀下去，一切就都裁就了。

"初、哉、首、基、肇、祖、元、胎……"

因为书是新的，我翻开来的时候也就特别慎重。书本上的第一页第一行是这样的："初、哉、首、基、肇、祖、元、胎……始也。"

那一年，我十七岁，望着《尔雅》这部书的第一句话而愕然，这书真奇怪啊！把"初"和一堆"初的同义词"并列卷首，仿佛立意要用这一长串"起始"之类的字来做整本书的起始。

也是整个中国文化的起始和基调吧？我有点敬

畏起来了。

想起另一部书，《圣经》，也是这样开头的：

"起初，上帝创造天地。"

真是简明又壮阔的大笔，无一语修饰形容，却是元气淋漓，如洪钟之声，震耳贯心，令人读着读着竟有坐不住的感觉，所谓壮志陡生，有天下之志，就是这种心情吧！寥寥数字，天工已竟，令人想见日之初升，海之初浪，高山始突，峡谷乍裂，以及大地寂然等待小草涌腾出土的一刹那！

而那一年，我十七，刚入中文系，刚买了这本古代第一部字典《尔雅》，立刻就被第一页第一行迷住了，我有点喜欢起文字学来了。真好，中国人最初的一本字典（想来也是世人的第一本字典），它的第一个字就是"初"。

"初，裁衣之始也。"文字学的书上如此解释。

我又大为惊动，我当时已略有训练，知道每一个中国文字背后都有一幅图画，但这"初"字背后不止一幅画，而是长长的一幅卷轴。想来当年造字之人初造"初"字的时候，也是煞费苦心之余的神来之笔。"初"这件事无形可绘，无状可求，如何才能追踪描摹？

他想起了某个女子的动作，也许是母亲，也许是妻子，那样慎重地先从纺织机上把布取下来。整整齐齐的一匹布，她手握剪刀，当窗而立，她屏息凝神，考虑从哪里下刀，阳光把她微微毛乱的鬓发渲染成一轮光圈。她用神秘而多变的眼光打量着那整匹布，仿佛在主持一项典礼，其实她努力要决定的只不过是究竟该先做一件孩子的小衫好呢，还是先裁自己的一幅裙子？一匹布，一如渐渐沉黑的黄昏，有一整夜的美梦可以预期——当然，也有可能是噩梦，但因为有可能成为噩梦，美梦就更值得去渴望——而在她思来想去的当际，窗外陆陆续续流溢而过的是初春的阳光，是一批一批的风，是雏鸟拿捏不稳的初鸣，是天空上一匹复一匹不知从哪一架纺织机里卷出的浮云……

那女子终于下定决心，一刀剪下去，脸上有一种近乎悲壮的决然。

"初"字，就是这样来的。

人生一世，亦如一匹辛苦织成的布，一刀下去，一切就都裁就了。

整个宇宙的成灭，也可视为一次女子的裁衣啊！我爱上"初"这个字，并且提醒自己，每个清晨都该恢复为一个"初人"，每一刻，都要维护住那一片初心。

初发芙蓉

《颜延之传》（《南史》）里这样说：

"延之尝问鲍照，己与灵运优劣，照曰：'谢五言如初发芙蓉，自然可爱，君诗如铺锦列绣，亦雕缋满眼。'"

六朝人说的芙蓉便是荷花，鲍照用"初发芙蓉"比谢灵运，实在令人羡慕，其实"像荷花"不足为奇，能像"初发芙蓉"才令人神思飞驰。灵运一生独此四字，也就够了。

后来的文学批评也爱沿用这字眼，周济《介存斋论词杂著》中论晚唐韦庄的词便说：

"端己词清艳绝伦，初日芙蓉春日柳，使人想见风度。"

中国人没有什么"诗之批评"或"词之批评"，只有"诗话""词话"，而词话好到如此，其本身已凝聚饱实，且华丽如一则小令。

清露晨流，新桐初引

《世说新语》里有一则故事，说到王恭和王忱原是好友，以后却因政治上的芥蒂而分手。只是每次遇见良辰美景，王恭总会想到王忱。面对山石流泉，王忱便恢复为王忱，是一个精彩的人，是一个可以共享无限清机的老友。

有一次，春日绝早，王恭独自漫步到幽极胜极之处，书上记载说：

"于时清露晨流，新桐初引。"

那被人爱悦，被人誉为"濯濯如春月柳"的王恭忽然怅怅然冒出一句："王大故自濯濯。"语气里半是生气半是爱惜，翻成白话就是：

"唉，王大那家伙真没话说——实在是出众！"

不知道为什么，作者在描写这段微妙的人际关系时，把周围环境也一起写进去了。而使我读来怦然心动的也正是那段"于时清露晨流，新桐初引"的附带描述。也许不是什么惊心动魄的大景观，只是一个序幕初启的清晨，只是清晨初初映着阳光闪烁的露水，只是露水装点下的桐树初初抽了芽，遂使得人也变得纯洁灵明起来，甚至强烈地怀想起那个有过嫌隙的朋友。

李清照大约也是被这光景迷住了，所以她的《念奴娇》里竟把"清露晨流，新桐初引"的句子全搬过去了。一颗露珠，从六朝闪到北宋，一叶新桐，在安静的扉页里晶薄透亮。

我愿我的朋友也在生命中最美好的片刻想起我来。在一切天清地廓之时，在叶嫩花初之际，在霜之始凝，夜之始静，果之初熟，茶之方馨。在船之启碇，鸟之回翼，在婴儿第一次微笑的一刹那，想及我。

如果想及我的那人不是朋友，而是敌人（如果我有敌人的话），那也好——不，也许更好，嫌隙虽深，对方却仍会想及我，必然因为我极为精彩的缘故。当然，也因为一片初生的桐叶是那么好，好得足以让人有气度去欣赏仇敌。

✿ 情　怀

陈师道的诗说：

"好怀百岁几时开？"

其实，好情怀是可以很奢侈地日日有的。

退一步说，即使不是绝对快活的情怀，那又何妨呢？只要胸中自有其情怀，也就够好了。

一

校车过中山北路，偶然停在红灯前。一阵偶然的阳光把一株偶然的行道树的树影投在我的裙子上。我惊讶地望着那参差的树影——多么陌生的刺绣，是湘绣？还是苏绣？

然后，绿灯亮了，车开动了，绣痕消失了。

我那一整天都怀抱着满心异样的温柔，像过年时乍穿新衣的小孩，又像猝然间被黄袍加身的帝王，忽觉自己无限矜贵。

二

在乡间的小路边等车，车子死也不来。

我抱书站在那里，一筹莫展。

可是，等车不来，等到的却是疏篱上的金黄色的丝瓜花，花香成阵，直向人身上扑来，花棚外有四野的山，绕山的水，抱住水的岸，以及抱住岸的草，我才忽然发现自己已经陷入美的重围了。

在这样的一种驿站上等车，车不来又何妨？事不办又何妨？

车是什么时候来的？我忘了。事是怎么办的？我也忘了，长记不忘的是满篱生气勃勃照眼生明的黄花。

三

另一次类似的经验是在夜里，站在树影里等公车。那条路在白天车尘沸扬，可是在夜里却静得出奇。站久了我才猛然发现头上是一棵开着香花的树，那时节是暮春，那花是乳白色须状的花，我好像在什么地方听过它叫马鬃花。

暗夜里，我因那固执安静的花香感到一种互通声息的快乐，仿佛一个参禅者，我似乎懂了那花，又似乎不懂。懂它固然快乐——因为懂是一种了解，不懂又自是另一种快乐——唯其不懂才能挫下自己的锐气，心悦诚服地去致敬。

或以香息，或以色泽，花总是令我惊奇诧异。

四

五月里，我正在研究室里整理旧稿，一只漂亮的蓝蜻蜓忽然穿窗而入。我一下子措手不及，整个乱了手脚，又怕它被玻璃橱撞昏了，又想多挽留它一下，当然，我也想指点它如何逃走。

但整个事情发生得太快，它一会撞到元杂剧上，一会又撞在全唐诗上，一会又撞到莎剧全集上，我简直不知怎么办才好。

然后，不着痕的，仅仅在几秒之间，它又飞走了。

留下我怔怔地站在书与书之间。

是它把书香误作花香了呢？还是它蓄意要来棒喝我，要我惊悟读书一世也无非东撞一头西碰一下罢了。

我探头窗外，后山的岩石垒着岩石，相思树叠着相思树，独不见那只蜻蜓。

奇怪的是仅仅几秒的遇合，研究室中似乎从此就完全不一样了。我一直记得，这是一间蓝蜻蜓造访过的地方。

五

看儿子画画，忍不住扑哧一声笑了出来。

他用原子笔画了一幅太空画，线条很仔细，似乎有人在太空漫步，有人在太空船里，但令我失笑的是由于他正正经经地画了一间"移民局"。

这一代的孩子是自有他们的气魄的。

六

十一月，秋阳轻软如披肩，我置身在一座山里。

然后一个穿大红夹克的男孩走入小店来，手里拿着一叠粉红色的信封。

小店的主人急急推开木耳和香菇，迎了出来，他粗戛着嗓子叫道：

"欢迎，欢迎，喜从天降！你一来把喜气都带来啦!"

听口音,是四川人,我猜想他大概是退役的老兵,那腼腆的男孩咕哝了几句,又过了街到对面人家去挨户送帖子了。

我心中莫名地高兴着,在这荒山里,有一对男孩女孩要结婚了,也许全村的人都要去喝喜酒,我是外人,我不能留下来参加婚宴,但也一团欢喜,看他一路走着去分发自己的喜帖。

深山,淡日,万绿丛中红夹克的男孩,用毛笔正楷写得规规矩矩的粉红喜柬……在一个陌生过客的眼中原是可以如此亲切美丽的。

七

我在巷子里走,那公寓顶层的软枝黄蝉斜矗矗地垂下来。

我抬头仰望,站得像悬崖绝壁前的面壁修

道人。

真不知道那花为什么会有那么长又那么好听的名字，我仰着脖子，定定地望着一片水泥森林中的那一涡艳黄，觉得有一种窥伺不属于自己的东西的快乐。

我终于下定决心去按那家的门铃。请那主妇告诉我她的电话号码，我要向她请教跟花有关的事，她告诉我她是段太太。

在一个心情很好的黄昏，我跟她通话。

"你府上是安徽?"说了几句话以后，我肯定地说。

"是啊，是啊。"她开心地笑了，"你怎么都知道啊? 我口音太重了吧?"

问她花怎么种得那么好，她谦虚地说也没什么秘方，不过有时把洗鱼洗肉的水随便浇浇就是了。她又叫我去看她的花架，不必客气。

她说得那么轻松，我也不得要领——但是我忽然发觉，我原来并不想知道什么种花的窍门，我根本不想种花，我在本质上一向不过是个赏花人。可是，我为什么要去问呢？我也不知道，大概只是一时冲动，看了开得太好的花，就想知道它的主人。

以后再经过的时候，我的眼照例要搜索那架软枝黄蝉，并且有一种说不出的安心——因为知道它是段太太的花，风朝雨夕，总有个段太太会牵心挂意。这个既有软枝黄蝉又有段太太的巷子是多么好啊！

我是一个很容易就不放心的人——却也往往很容易就又放了心。

八

有一种病，我大概平均每一年到一年半之间，一定会犯一次——我喜欢逛旧货店。

旧货店不是古董店，古董店有一种逼人的贵族气息，我不敢进去。那种地方要钱，要闲，还要有学问，旧货店却是生活的，你如果买了旧货，不必钉个架子陈放它，你可以直接放在生活里用。

我去旧货店多半的时候其实并不买，我喜欢东张西望地看，黑洞洞不讲究装潢的厅堂里有桌子、椅子、柜子、床铺、书、灯台、杯子、熨斗、碗勺、刀叉、电唱机、唱片、洋娃娃、龙虾或玳瑁的标本、钩花桌巾……

我在那里摸摸翻翻，心情又平静又激越。

——曾有一些人在那里面生活过。

——在人生的戏台上，它们都曾是多么称职的道具。

——墙角的小浴盆，曾有怎样心慌意乱的小母亲站在它面前给新生的娃娃洗澡？

——门边的咖啡桌，是被哪个粗心的工人烫了三个茶杯印？

——那道书桌上的明显刀痕是不是小孩子弄的？他闯了祸不知道有没有挨骂？

——龙虾标本的尾巴怎么伤到的？

——烟灰缸怎么砸了一小角，是谁用强力胶粘上去的？

——那茶壶泡过多少次茶才积上如此古黯的茶垢？那人喝什么茶？乌龙？还是香片？

　　——酌过多少欢乐，那尘封的酒杯？

　　——照暖多少夜晚，那落地灯？

　　我就那样周而复始地摩挲过去，仿佛置身散戏后的剧场，那些人都到哪里去了？死了？散了？走了？或是仍在?

　　有人吊贾谊，有人吊屈原，有人吊大江赤壁中被浪花淘尽的千古英雄。但每到旧货店去，我想的是那些无名的人物，在许多细细琐琐的物件中，日复一日被消磨的小氏。

　　泰山封禅，不同的古体字记载不同的王族。燕山勒铭，不同的石头记载不同的战勋。那些都是一些"发生"，一些"故事"。

　　我喜欢看到"故事"和"发生"。

　　那么真实强烈而又默无一语，生命在那里起灭，生活在那里完成，我喜欢旧货店。

九

我有一个黑色的小皮箱，是旅行时旧箱子坏了，朋友临时送我的。

朋友是因为好玩，跟她一个邻居老先生在"汽车间市集"（即临时买旧货处）贱价买来的。

把箱子转交给我的时候，她告诉我那号码是088，然后，她又告诉我当时卖箱子的老先生说，他所以选088，是因为中学踢足球的时候，背上的号码是088。

每次开合箱子，我总想起那素昧平生的老人，想起他的少年，想起大红色的球衣，以及球衣背后的骄傲号码，是不是被许多男孩嫉妒的号码？是不是令许多女孩疯狂的号码？

每次一开一合间，我所取出放进的岂是衣衫杂物，那是一个呼之欲出的故事，一个鲜明活跃的特写，一种真真实实曾在远方远代进行的发生。

我怎么会惦念着一个不知名姓的异乡老人呢？这里面似乎有些东方式的神秘因缘。

或开，或合，我会在怔忡不解中想起那已是老人的背号 088 号的球员。

十

和旧货店相反，我也爱五金店。

旧货店里充满"已然"，充满"旧事"，而五金行里的一张搓板或一块海绵却充满"未知"。

"未知"使我敬畏，使我惘然，我站立在五金店里总有万感交集。

仿佛墨子的悲丝，只因为原来食于一棵桑树、养于一双女手、结茧于一个屋檐下的白丝顷刻间便"染于黄则黄"、"染于苍则苍"。它们将被织成什么？绣成什么？它们将去到什么地方？它们将怎样被对待？它们充满了一切好的和坏的可能性。

墨子因而悲怆了。

而我站在五金行里，望着那些堆在地下的、放在架上的，以及悬在头上的交叠堆砌的东西，也不禁迷离起来。

都是水壶，都是同一架机器的成品，被买去了当然也都是烧水用的。但哪一个，会去到一个美丽的人家，是个"有情人喝水都甜"的地方？而哪一个将注定放在冷灶上，度它的朝晨和黄昏？

一式一样的饭盒，一旦卖出去，将各装着什么样口味的菜？给一个怎样的孩子食用？那孩子一边天天吃着这只饭盒，一边又将茁长为怎样的成人？

同样的垃圾桶将吞吐怎样不同的东西？被泡掉了滋味的茶渣？被食去了红瓤的瓜皮？一封撕碎的情书？一双过时的鞋？

五金店里充满一切可能性，一切属于小市民生活里的种种可能性。

我爱站在五金店里，我爱站在一切的"未然"之前，沉思，并且为想不通的事情惊奇。

十一

这个世界充满了权威和专家，他们一天到晚指导我们——包括我们的婚姻。

婚姻指导的书也不知看过多少本了。反正看了也就模糊了。

但在小食摊上看到的那一对，却使我不能忘记。

那天刚下过小雨，地上是些小水洼，摊子上的生意总是忙的，不过偶然也有两分钟的空闲。那头家穿着个笨笨的雨靴，偷空跑去踩水，不知怎的，他一闪，跌坐在地上。

婚姻书上是怎么说的？好像没看过，要是丈夫在雨地里跌一跤，妻子该怎么办？

那头家自己爬了起来，他的太太站在灶口上事不关己似的说：

"应该！应该！啊哟，给大家笑，应该，那么大的人，还去踩水玩，应该……"她不去拉他，倒对着满座客人说自家人的不是。我小心地望着，不知下一步是什么，却发觉那头家转身回来，若无其事地炒起蚵仔煎来。

我惊得目瞪口呆。

原来，这样也可以是一种婚姻。

原来，他们是可以骂完或者打完而不失其为夫妻的，就像手心跟手背，他们根本不知道"分"是什么。

我偷眼看他们，他们不会照那些权威所指导的互赠鲜花吧？他们的世界里也不像有"生日礼物"或"给对方一个惊喜"的事，他们是怎么活下去的？他们怎么也活得好端端的？

他们的婚姻必然有其坚韧不摧的什么，必然有其雷打不散的什么，必然有婚姻专家搞不懂的什么。年轻的情侣和他们相比，是多么容易受伤，对方忘了情人节，对方又穿了你讨厌的颜色，对方说话不得体……而站在蚵仔煎铁锅后的这一对呢？他们忍受烟熏火燎，他们共度街头的雨露风霜，但他们一起照料小食摊的时候，那比肩而立的交叠身影是怎样扎实厚重的画面，夜深后，他们一起收拾锅碗回家的影子又是怎么惊心动魄的美感。

像手心跟手背，可以互骂，可以互打，也可以相与无一言，但硬是不知道什么叫"分"——不是想分或不想分，而是根本弄不清本来一体的东西怎么可能分。

我要好好想想这手册之外的婚姻，这权威和专家们所不知道的中国爱情。

常常，我想起那座山

一方纸镇

常常，我想起那座山。

它沉沉稳稳地驻在那块土地上，像一方纸镇。美丽凝重，并且深情地压住这张纸，使我们可以在这张纸上写属于我们的历史。

有时是在市声沸天、市尘弥地的台北街头，有时是在拥挤而又落寞的公共汽车站，有时是在异乡旅舍中凭窗而望，有时是在扼腕奋臂、抚胸欲狂的大痛之际，我总会想起那座山。

或者在眼中，或者在胸中，是中国人，就从心里想要一座山。

孔子需要一座泰山，让他发现天下之小。

李白需要一座敬亭山，让他在云飞鸟尽之际有"相看两不厌"的对象。

辛稼轩需要一座妩媚的青山，让他感到自己跟山相像的"情与貌"。

是中国人，就有权利向上帝要一座山。

我要的那一座山叫拉拉山。

山跟山都拉起手来了

"拉拉是泰雅尔话吗?"我问胡，那个泰雅尔司机。

"是的。"

"拉拉是什么意思?"

"我也不知道，"他抓了一阵头，忽然又高兴地说:"哦，大概是因为这里也是山，那里也是山，山跟山都拉起手来了，所以就叫拉拉山啦!"

他怎么会想起来用"国语"的字来解释泰雅尔的发音的？但我不得不喜欢这种诗人式的解释，一点也不假，他话刚说完，我抬头一望，只见活鲜鲜的青色一刷刷地刷到人眼里来，山头跟山头正手拉着手，围成一个美丽的圈子。

风景是有性格的

十一月，天气一径地晴着，薄凉，但一径地晴着。天气太好的时候我总是不安，看好风好日这样日复一日地好下去，我说不上来地焦急。

我决心要到山里去一趟，一个人。

说得更清楚些，一个人，一个成年的女人，活得很兴头的一个女人，既不逃避什么，也不为了出来"散心"——恐怕反而是出来"收心"，收她散在四方的心。

一个人，带一块面包，几只黄橙，去朝山

渴水。

有的风景的存在几乎是专为了吓人，如大峡谷，它让你猝然发觉自己渺如微尘的身世。

有些风景又令人惆怅，如小桥流水（也许还加上一株垂柳，以及模糊的鸡犬声），它让你发觉，本来该走得进去的世界，却不知为什么竟走不进去。

有些风景极安全，它不猛触你，它不骚扰你，像罗马街头的喷泉，它只是风景，它只供你拍照。

但我要的是一处让我怦然惊动的风景，像宝玉初见黛玉，不见眉眼，不见肌肤，只神情恍惚地说：

"这个妹妹，我曾见过的。"

他又解释道："虽没见过，却看着面善，心里倒像是远别重逢的一般。"

我要的是一个似曾相识的山水——不管是在王维的诗里初识的，在柳宗元的《永州八记》里遇到过的，在石涛的水墨里咀嚼而成了瘾的，或在魂里梦里点点滴滴一石一木蕴积而有了情的。

我要的一种风景是我可以看它也可以被它看的那种。我要一片"此山即我，我即此山，此水如我，我如此水"的熟悉世界。

有没有一种山水是可以与我辗转互相注释的？有没有一种山水是可以与我互相印证的？

包装纸

像歌剧的序曲，车行一路都是山，小规模的，你感到一段隐约的主旋律就要出现了。

忽然，摩托车经过，有人在后座载满了野芋叶子，一张密叠着一张，横的叠了五尺，高的约四尺，远看是巍巍然一块大绿玉。想起余光中的诗——

那就折一张阔些的荷叶

包一片月光回去

回去夹在唐诗里

扁扁的，像压过的相思

台湾荷叶不多，但满山都是阔大的野芋叶，心形，绿得叫人喘不过气来，真是一种奇怪的叶子。曾经，我们的市场上芭蕉叶可以包一方豆腐，野芋叶可以包一片猪肉——那种包装纸真豪华。

一路上居然陆续看见许多载运野芋叶子的摩托车，明天市场上会出现多少美丽的包装纸啊！

肃　然

山色愈来愈矜持，秋色愈来愈透明，我开始正襟危坐，如果米颠为一块石头而免冠下拜，那么，我该如何面对叠石万千的山呢？

车子往上升，太阳往下掉，金碧的夕晖在大片山坡上徘徊顾却，不知该留下来依属山，还是追上去殉落日。

和黄昏一起，我到了复兴。

它在那里绿着

小径的尽头，在芦苇的缺口处，可以俯瞰大
汉溪。

溪极绿。

暮色渐渐深了，奇怪的是溪水的绿色顽强地裂
开暮色，坚持地维护着自己的色调。

天全黑了，我惊讶地发现那道绿，仍旧虎虎有
力地在流，在黑暗里我闭了眼都能看得见。

或见或不见，我知道它在那里绿着。

赏梅，于梅花未着时

庭中有梅，大约一百株。

"花期还有三四十天。"山庄里的人这样告诉我，虽然已是已凉未寒的天气。

梅叶已凋尽，梅花尚未剪裁，我只能伫立细赏梅树清奇磊落的骨格。

梅骨是极深的土褐色，和岩石同色。更像岩石的是，梅骨上也布满苍苔的斑点，它甚至有岩石的粗糙风霜、岩石的裂痕、岩石的苍老嶙峋。梅的枝枝柯柯交抱成一把，竟是抽成线状的岩石。

不可想象的是，这样寂然不动的岩石里，怎能迸出花来呢？

如何那枯瘠的皴枝中竟锁有那样多莹光四射的花瓣？以及那么多日后绿得透明的小叶子，它们此刻都在哪里？为什么独有怀孕的花树如此清癯苍古？那万千花胎怎会藏得如此秘密？

我几乎想剖开枝子掘开地，看看那来日要在月下浮动的暗香在哪里？看看来日可以欺霜傲雪的洁白在哪里？它们必然正在斋戒沐浴，等候神圣的召唤，在某一个北风凄紧的夜里，它们会忽然一起白给天下看。

隔着千里，王维能回首看见故乡绮窗下记忆中的那株寒梅。隔着三四十天的花期，我在枯皴的树臂中预见想象中的璀璨。

于无声处听惊雷，于无色处见繁花，原来并不是不可以的！

神秘经验

深夜醒来我独自走到庭中。

四下是彻底的黑，衬得满天星子水清清的。

好久没有领略黑色的美了。想起托尔斯泰笔下的《安娜·卡列尼娜》，在舞会里，别的女孩以为她要穿紫罗兰色的衣服，但她竟穿了一件墨黑的，项间一圈晶莹剔亮的钻石，风华绝代。

文明把黑夜弄脏了，黑色是一种极娇贵的颜色，比白色更沾不得异物。

黑夜里，繁星下，大树兀然矗立，看起来比白天更高大。

日本时代留下的那所老屋，一片瓦叠一片瓦，说不尽的沧桑。

忽然，我感到自己被桂香包围了。

一定有一棵桂树，我看不见，可是，当然，它是在那里的。桂树是一种在白天都不容易看见的树，何况在黑如松烟的夜里。如果一定要找，用鼻子应该也找得到。但，何必呢？找到桂树并不重要，能站在桂花浓馥古典的香味里，听那气息在噎吐什么，才是重要的。

我在庭园里绕了几圈，又毫无错误地回到桂花的疆界里，直到我的整个肺纳甜馥起来。

有如一个信徒和神明之间的神秘经验，那夜的桂花对我而言，也是一场神秘经验。有一种花，你没有看见，却笃信它存在。有一种声音，你没有听见，却自知你了解。

当我去即山

我去即山，搭第一班早车。车只到巴陵（好个令人心惊的地名），要去拉拉山——神木的居所——还要走四个小时。

《可兰经》里说："山不来即穆罕默德——穆罕默德就去即山。"

可是，当我前去即山，当班车像一只无桨无楫的舟一路荡过绿波碧涛，我一方面感到作为一个人或一头动物的喜悦，可以去攀缘绝峰，可以去横渡大漠，可以去莺飞草长或穷山恶水的任何地方，但一方面也惊骇地发现，山，也来即我了。

我去即山，越过的是空间，平的空间，以及直的空间。

但山来即我，越过的是时间，从太初，它缓慢地走来，一场十万年或百万年的约会。

当我去即山，山早已来即我，我们终于相遇。

张爱玲谈到爱情，这样说：

于千万人之中遇见你所遇见的人，于千万

年之中，时间的无涯的荒野里，没有早一步，也没有晚一步，刚巧赶上了，也没有别的话可说，唯有轻轻地问一声："噢，你也在这里吗？"

人类和山的恋爱也是如此，相遇在无限的时间，交会于无限的空间，一个小小的恋情缔结在那交叉点上，又如一个小小鸟巢，偶筑在纵横交错的枝柯间。

地　名

地名、人名、书名，和一切文人雅居虽铭刻于金石，事实上却根本不存在的楼斋亭阁都令我愕然久之。（那些图章上的地名，既不能说它是真的，也不能说它是假的，只能说，它构思在方寸之间的心中，营筑在分寸之内的玉石上。）

中国人的命名恒是如此慎重庄严。

通往巴陵的路上，无边的烟缭雾绕中猛然跳出一个路牌让我惊讶，那名字是：

雪雾闹

我站起来，不相信似的张望了又张望，车上有人在睡，有人在发呆，没有人理会那名字，只有我暗自吃惊。唉，住在山里的人是已经养成对美的抵抗力了，像韦应物的诗"司空见惯浑闲事，断尽苏州刺史肠"。而我亦是脆弱的，一点点美，已经让我承受不起了，何况这种意外蹦出来的、突发的美好。何竟在山叠山、水错水的高绝之处，有一个这样的名字。是一句沉实紧密的诗啊，那名字。

名字如果好得很正常，倒也罢了，例如"云霞坪"，已经好得很够分量了，但"雪雾闹"好得过分，让我张皇失措，几乎失态。

红杏枝头春意闹，但那种闹只是闺中乖女孩偶然的冶艳。而雪雾纠缠，那里面就有了天玄地黄的大气魄，是乾坤的判然分明的对立，也是乾坤的浑然一体的含同。

像把一句密加圈点的诗句留在诗册里，我把那名字留在山巅水涯，继续前行。

谢谢阿姨

车过高义，许多背着书包的小孩下了车。"高义国小"在那上面。

在台湾，无论走到多高的山上，你总会看见一所小学，灰水泥的墙，红字，有一种简单的不喧不嚣的美。

小孩下车时，也不知是不是校长吩咐的，每一个都毕恭毕敬地对司机和车掌大声地说：

"谢谢阿姨！""谢谢伯伯！"

在这种车上服务真幸福。

愿那些小孩永远不知道付了钱就叫"顾客"，

愿他们永远不知道"顾客永远是对的"的片面道德。

是清早的第一班车，是晨雾未晞的通往教室的小径，是刚刚开始背书包的孩子，一声"谢谢"，太阳蔼然地升起来。

山水的巨帙

峰回路转，时而是左眼读水，右眼阅山，时而是左眼披览一页页的山，时而是右眼圈点一行行的水——山水的巨帙是如此观之不尽。

作为高山路线上的一个车掌必然很怡悦吧？早晨，看东山的影子如何去复罩西山，黄昏的收班车则看回过头来的影子从西山复罩东山。山径只是无限的整体大片上的一条细线，车子则是千回百折的线上的一个小点。但其间亦自是一段小小的人生，也充满大千世界的种种观照。

不管车往哪里走，奇怪的是梯田的阶层总能跟上来，中国人真是不可思议，他们硬是把峰峦当平地来耕作。

我想送梯田一个名字——"层层香"，说得更清楚点，是层层稻香，层层汗水的芬芳。

巴陵是公路局车站的终点。

像一切的大巴士的山线终站，那其间有着说不出来的小小繁华和小小的寂寞——一间客栈，一间"救国团"的山庄，一家兼卖肉丝面和猪头肉的票亭，几家山产店，几家人家，一片有意无意的小花圃，车来时，扬起一阵沙尘，然后沉寂。

公车的终点站是出租车的起点，要往巴陵还有三小时的脚程。我订了一辆车，司机是胡先生，泰雅尔人，有问必答，车子如果不遇山崩，可以走到比巴陵更深的深山。

山里出租车其实是不计程的，连计程表也省得装了，开山路，车子耗损大，通常是一个人或好些人合包一辆车。价钱当然比出租贵，但坐车当然比坐滑竿坐轿子人道多了，我喜欢看见别人和我平起平坐。

我坐在前座，和驾驶一起，文明社会的礼节到这里是不必讲求了，我选择前座是因为它既便于谈话，又便于看山看水。

车虽是我一人包的，但一路上他老是停下来载人，一会儿是从小路上冲来的小孩——那是他家老五，一会儿又搭乘一位做活的女工，有时他又热心地大叫：

"喂，我来帮你带菜！"

许多人上车又下车，许多东西搬上又搬下，看他连问都不问我一声就理直气壮地载人载货，我觉得很高兴。

"这是我家！"他说着，跳下车，大声跟他太太说话。

天！漂亮的西式平房。

他告诉我那里是他正在兴盖的旅舍，他告诉我他们的土地值三万一坪，他告诉我山坡上哪一片是水蜜桃，哪一片是苹果……

"要是你四月来，苹果花开，哼！……"

这人说话老是让我想起现代诗。

"我们山地人不喝开水的——山里的水拿起来就喝！"

"呶，这种草叫'嗯桑'，我们从前吃了生肉要是肚子痛就吃它。"

"停车，停车。"这一次是我自己叫停的，我仔细端详了那种草，锯齿边的尖叶，满山遍野都是，从一尺到一人高，顶端开着隐藏的小黄花，闻起来极清香。

我摘了一把，并且撕一片像中指大小的叶子开始咀嚼，老天！真苦得要死，但我狠下心至少也得吃下那一片，我总共花了三个半小时，才吃完那一片叶子。

"那是芙蓉花吗？"

我种过一种芙蓉花，初绽时是白的，开着开着就变成了粉的，最后变成凄艳的红。

我觉得路旁那些应该是野生的山芙蓉。

"山里花那么多，谁晓得？"

车子在凹凹凸凸的路上，往前蹦着。我不讨厌这种路——因为太讨厌被平直光滑的大道把你一路输送到风景站的无聊。

当年孔丘乘车，遇人就"凭车而轼"，我一路行去，也无限欢欣地向所有的花，所有的蝶，所有的鸟以及不知名的蔓生在地上的浆果而行"车上致敬礼"。

"到这里为止，车子开不过去了，"司机说，"下午我来接你。"

山水的圣谕

我终于独自一人了。

独自一人来面领山水的圣谕。

一片大地能昂起几座山？一座山能涌出多少树？一棵树里能秘藏多少鸟？一声鸟鸣能婉转倾泄多少天机？

鸟声真是一种奇怪的音乐——鸟愈叫，山愈幽深寂静。

流云匆匆从树隙穿过——云是山的使者吧——我竟是闲于闲云的一个。

"喂!"我坐在树下,叫住云,学当年孔子,叫趋庭而过的鲤,并且愉快地问它,"你学了诗没有?"

并不渴,在十一月山间的新凉中,但每看到山泉我仍然忍不住停下来喝一口。雨后初晴的早晨,山中轰轰然全是水声,插手入寒泉,只觉自己也是一片冰心在玉壶。而人世在哪里?当我一插手之际,红尘中几人生了?几人死了?几人灰情灭欲大彻大悟了?

剪水为衣,抟山为钵,山水的衣钵可授之何人?叩山为钟鸣,抚水成琴弦,山水的清音谁是知者?山是千绕百折的璇玑图,水是逆流而读或顺流而读都美丽的回文诗,山水的诗情谁来管?

视脚下的深涧,浪花翻涌,一直,我以为浪是水的一种偶然,一种偶然搅起的激情。但行到此处,我忽竟发现不然,应该说水是浪的一种偶然,平流的水是浪花偶尔憩息时的宁静。

　　同样是岛，同样有山，不知为什么，香港的山里就没有这份云来雾往、朝烟夕岚以及千层山万重水的故国韵味。香港没有极高的山，极巨的神木。香港的景也不能说不好，只是一览无遗，坦然得令人不习惯。

　　对一个中国人而言，烟岚是山的呼吸，而拉拉山，此刻正在徐舒地深呼吸。

在

　　小的时候老师点名，我们一一举手说：
"在！"
　　当我来到拉拉山，山在。
　　当我访水，水在。
　　还有，万物皆在，还有，岁月也在。
　　转过一个弯，神木便在那里，在海拔一千八百公尺的地方，在拉拉山与塔曼山之间，以它五十四公尺的身高，面对不满五尺四寸的我。

他在，我在，我们彼此对望着。

想起刚才在路上我曾问司机：

"都说神木是一个教授发现的，他没有发现以前你们知道不知道？"

"哈，我们早就知道啦，从做小孩子就知道，大家都知道的嘛！它早就在那里了！"

被发现，或不被发现，被命名，或不被命名，被一个泰雅尔族的山地小孩知道，或被森林系的教授知道，它反正在那里。

心情又激动又平静，激动，因为它超乎想象的巨大庄严；平静，是因为觉得它理该如此，它理该如此妥帖地拔地擎天。它理该如此是一座倒生的翡翠矿，需要用仰角去挖掘。

路旁钉着几张原木椅子，长满了苔藓，野蕨从木板裂开的瘢目间冒生出来，是谁坐在这张椅子上把它坐出一片苔痕？是那叫作"时间"的过客吗？

再往前，是更高的一株神木叫"复兴二号"。

再走，仍有神木，再走，还有。这里是神木家族的聚居之处。

十一点了，秋山在此刻竟也是阳光炙人的，我躺在复兴二号下面，想起唐人的传奇，虬髯客不带一丝邪念卧看红拂女梳垂地的长发，那景象真华丽。我此刻也卧看大树在风中梳着那满头青丝，所不同的是，我也有华发绿鬓，跟巨木相向苍翠。

人行到"复兴一号"下面，忽然有些悲怆，这是胸腔最阔大的一棵，直立在空无凭依的小山坡上，似乎被雷殛过，有些地方劈剖开来，老干枯败苍古，分叉部分却活着。

怎么会有一棵树同时包括死之深沉和生之愉悦！

那树多像中国！

中国？我是到山里来看神木的，还是来看中国的？

坐在树根上，惊看枕月衾云的众枝柯，忽然，一滴水，棒喝似的打到头上。那枝柯间也有汉武帝所喜欢的承露盘吗？

真的，我问我自己，为什么要来看神木呢？对生计而言，神木当然不及番石榴树，而番石榴，又不及稻子麦子。

我们要稻子，要麦子，要番石榴，可是，令我们惊讶的是我们的确也想要一棵或很多棵神木。

我们要一个形象来把我们自己画给自己看，我们需要一则神话来把我们自己说给自己听：千年不移的真挚深情，阅尽风霜的泰然庄矜，接受一个伤痕便另拓一片苍翠的无限生机，人不知而不愠的怡然自足。

树在。山在。大地在。岁月在。我在。你还要怎样更好的世界？

适　者

听惯了"物竞天择，适者生存"使人不觉被绷紧了，仿佛自己正介于适者与不适者之间，又好像适于生存者的名单即将宣布了，我们连自己生存下去的权利都开始怀疑起来了。

但在山中，每一种生物都尊严地活着，巨大悠久如神木，神奇尊贵如灵芝，微小如阴暗岩石上恰似芝麻点大的菌子，美如凤尾蝶，丑如小蜥蜴，古怪如金狗毛，卑弱如匍匐结根的蔓草，以及种种不知名的万类万品，生命是如此仁慈公平。

甚至连没有生命的，也和谐地存在着，土有土的高贵，石有石的尊严，倒地而死无人凭吊的树尸也纵容菌子、蕨草、藓苔和木耳爬得它一身。你不由觉得那树尸竟也是另一种大地，它因容纳异己而在那些小东西身上又青青翠翠地再活了起来。

生命是有充分的余裕的。

在山中，每一种存在的都是适者。

忽然，我听到人声，胡先生来接我了。

"就在那上面，"他指着头上的岩突叫着，"我爸爸打过三只熊！"

我有点生气，怎么不早讲？他大概怕吓着我，其实，我如果事先知道自己走的是一条大黑熊出没的路，一定要兴奋十倍。可惜了!

"熊肉好不好吃?"

"不好吃，太肥了。"他顺手摘了一把野草，又顺手扔了，他对逝去的岁月并不留恋，他真正挂心的是他的车，他的孩子，他计划中的旅馆。

山风跟我说了一天，野水跟我聊了一天，我累了。回来的公路局车上安分地凭窗俯瞰极深极深的山涧，心里盘算着要到何方借一支长瓢，也许长如勺子星座的长瓢，并且舀起一瓢清清冽冽的泉水。

有人在山跟山之间扯起吊索吊竹子，我有点喜欢做那竹子。

回到复兴，复兴在四山之间，四山在金云的合抱中。

水　程

清晨，我沿复兴山庄旁边的小路往吊桥走去。

吊桥悬在两山之间，不着天，不巴地，不连水——吊桥真美。走吊桥时我简直有一种走索人的快乐，山色在眼，风声在耳，而一身系命于天地间游丝一般铁索间。

多么好！

我下了吊桥，走向渡头，舟子未来，一个农妇在田间浇豌豆，豌豆花是淡紫的，很细致美丽。

打谷机的声音不知从何处传来，我感动着，那是一种现代的舂米之歌。

我要等一条船沿水路带我经阿姆坪到石门，我坐在石头上等着。

乌鸦在山岩上直嘎嘎地叫着，记得有一年在香港碰到王星磊导演的助手，他没头没脑地问我：

"台湾有没有乌鸦？"

他们后来到印度去弄了乌鸦。

我没有想到在山里竟有那么多乌鸦，乌鸦的声音平直低哑，丝毫不婉转流利，它只会简单直接地叫一声：

"嘎——"

但细细品味，倒也有一番直抒胸臆的悲痛，好像要说的太多，仓皇到极点反而只剩一声长噫了！

乌鸦的羽翅纯黑硕大，华贵耀眼。

船来了，但乘客只我一人，船夫定定地坐在船头等人。

我坐在船尾，负责邀和风，邀丽日，邀偶过的一片云影，以及夹岸的绿烟。

没有别人来，那船夫仍坐着。两个小时过去了。

我觉得我邀到的客人已够多了，满船都是，就付足了大伙儿的船资，促他开船。他终于答应了。

山从四面叠过来，一重一重地，简直是绿色的花瓣——不是单瓣的那一种，而是重瓣的那一种——人行水中，忽然就有了花蕊的感觉，那种柔和的、生长着的花蕊，你感到自己的尊严和芬芳，你竟觉得自己就是张横渠所说的可以"为天地立心"的那个人。

不是天地需要我们去为之立心，而是由于天地的仁慈，他俯身将我们抱起，而且刚刚好放在心坎的那个位置上。山水是花，天地是更大的花，我们遂挺然成花蕊。

回首群山，好一块沉实的纸镇，我们会珍惜的，我们会在这纸张上写下属于我们的历史。

后记：一、常常，我仍想起那座山。

二、冬天，我再去复兴山庄，狠狠地看了一天的梅花。

三、夏天，在一次去台旅行之前，我又去了一次拉拉山，吃了些水蜜桃，以及山壁上倾下来的不花钱的红草莓。夏天比秋天好的是绿苔下长满十字形的小紫花，但夏天游人多些，算来秋天比夏天多了整整一座空山。

可 爱

酒席上闲聊，有人说：

"啊哟，你不知道，她这人，七十岁了，雪白的头发，那天我碰到她，居然还涂了口红，血红血红的口红呢！"

"是呀，那么老了，还看不开……"

趁着半秒钟的"话缝"，我赶紧插进去说：

"可是，你们不觉得她也满可爱的吗？等我七十岁，搞不好我也要跟她学，我也去抹血红血红的口红！"望着惊愕地瞪着我的议论者，我重申"女人到七十岁还死爱漂亮，是该致敬的"。

记得有一年，在马来西亚拜访一位沈慕羽老先生。古老的华人宅第中，坐镇着他九十多岁的老母亲，我们想为她拍一张照，她忽然忸怩起来，说：

"等一等，我今天头发没梳好。"她说着便走进屋去。

在我看来，她总共就那几茎白发，梳与不梳，也不见得有差别。可是，她还是正正经经地去梳了头才肯拍照。

老而爱美的女子别有其妩媚动人处。

又有一次，听到有人批评一位爱批评人的人。

"可是，听你们说了半天，我倒觉得他满可爱，"我说，"至少他骂人都是明来明去，他不玩阴的！人到中年，还能直话直说，我觉得，也算可爱了！"

有人骂某教授，理由是：

"朋友敬酒，他偏说医生不准他喝。不料后来餐厅女经理来敬酒，他居然一仰脖子就干了，真是见色忘友！"

"哎呀！"我笑道，"此人太可爱了。酒这种东西，本来就该为美人喝的，'见色忘友'很正常啊！"

我想，既然我动不动就释然一笑，觉得人家很
可爱，大概，是由于我自己也有几分可爱吧？

Chapter2
我交给你们一个孩子

学校啊，当我把我的孩子交给你，你保证给他怎样的教育？今天清晨，我交给你一个欢欣诚实又颖悟的小男孩，多年以后，你将还我一个怎样的青年？

谁都害过人 ✿

"你们大人吐不吐?"儿子问我。

"不吐,我不像你们那么贪吃,所以不会吐!"

"你也吐过,我看到的!"

"那不同,那时候我怀了妹妹,所以想吐。"

"妹妹在你肚子里,害你吐的,对不对?"

"是啊,其实你也害我吐过——只是你在肚子里没看见。"

"我们害你吐,你也害过外婆吐,是不是?"

"是的。"

"外婆有没有害过她的妈妈?"

"有吧!"

"哈,谁都害过人!我知道了,谁都害过人!"

他高兴得直拍手，仿佛找到一条真理能证明他和妹妹不是唯一的害人者是很值得庆幸的。

我们谁没有伤害过人呢？福音书曾告诉我们人人都是负债者。当我们感觉被伤害的时候，我们能不能因为想起自己也是一个欠债者而愿意饶恕那个欠了我们债的人呢？

本来，我想先跌 ✿

这是一个朋友告诉我的故事。

有一天，她带着五岁的儿子去散步，她一向不是精明的人，那天走着走着，不知怎么的，忽然往前一栽，跌了一大跤。

那一跤跌得很不轻，她的儿子笨拙地喃喃道："妈妈，我看你要跌了，我真着急，本来，我想先跌在你前面，这样，你再跌的时候就可以跌在我身上，就不痛了，可是，我来不及跌……"

那一跤跌得真的很不轻，但能跌出孩子的那一番柔情而动人的话来，也不能不令做母亲的浑然忘记痛楚。

原来，那么小那么小的一个小形体里面，也可以塞入那么多那么多的爱。

　　我们是从什么时候开始失去了那样的浓缩密集的爱的?

✿ 如果我看不懂

带儿子去看电影，刚坐下，他忽然说：

"妈妈，如果我看不懂——"

"那就怎么样——"

他故意停了一下，我想我差不多可以猜到答案了，他一定会接着说：

"请你讲给我听。"

居然不是的，他说：

"如果我看不懂——请你也不要讲给我听。"

我真的大吃了一惊！

原来，瞎看瞎猜也比忍受别人转述的故事为好！

原来，对于成长中的心智而言，错误也是一项权利——不容被剥夺的权利。

　　他可能因为坚持凡事自己来而多吃许多苦——但有什么关系呢？哪一个成熟的心灵不是这样长大的呢！

那夜的烛光 ✿

临睡以前，晴晴赤脚站在我面前说：

"妈妈，我最喜欢的就是台风。"

我有一点生气，这小捣蛋，简直不知人间疾苦，每刮一次大风，有多少屋顶被掀跑，有多少地方会淹水，铁路被冲断，家庭主妇望着六十元一斤的小白菜生气……而这小女孩却说，她喜欢台风。

"为什么？"我尽力压住性子。

"因为有一次台风的时候停电……"

"你是说，你喜欢停电？"

"停电的时候，你就去找蜡烛。"

"蜡烛有什么特别的？"我的心渐渐柔和下来。

"我拿着蜡烛在屋里走来走去，你说我看起来像小天使……"

那是多年前的事了吧？我终于在惊讶中静穆下来，她一直记得我的一句话，而且因为喜欢自己在烛光中像天使的那份感觉，她竟附带地也喜欢了台风之夜。

也许，以她的年龄，她对天使是什么也不甚了然，她喜欢的只是我那夜称赞她时郑重而爱宠的语气。一句不经意的赞赏，竟使时光和周围情境都变得值得追忆起来，多可回溯的画面啊！那夜，有一个小女孩相信自己像天使，那夜，有一个母亲在淡淡的称许中，制造了一个天使。

我交给你们一个孩子

小男孩走出大门。返身向四楼阳台上的我招手，说：

"再见！"

那是好多年前的事了，那个早晨是他开始上小学的第二天。

我其实仍然可以像昨天一样，再陪他一次，但我却狠下心来，看他自己单独去了。他有属于他的一生，是我不能相陪的，母子一场，只能看作一把借来的琴，能弹多久，便弹多久，但借来的岁月毕竟是有其归还期限的。

他欢然地走出长巷，很听话地既不跑也不跳，一副循规蹈矩的模样。我一人怔怔地望着巷子下细细的朝阳而落泪。

想大声地告诉全城市，今天早晨，我交给你们一个小男孩，他还不知恐惧为何物，我却是知道的，我开始恐惧自己有没有交错？

我把他交给马路，我要他遵守规矩沿着人行道而行，但是，匆匆的路人啊，你们能够小心一点吗？不要撞到我的孩子，我把我至爱的交给了纵横的道路，容许我看见他平平安安地回来！

我不曾搬迁户口，我们不要越区就读，我们让孩子读本区内的小学而不是某些私立明星小学，我努力去信任自己本土的教育当局，而且，是以自己的儿女为赌注来信任的——但是，学校啊，当我把我的孩子交给你，你保证给他怎样的教育？今天清晨，我交给你一个欢欣诚实又颖悟的小男孩，多年以后，你将还我一个怎样的青年？

他开始识字，开始读书，当然，他也要读报纸、听音乐或看电视、电影……古往今来的撰述者啊！各种方式的知识传递者啊！我的孩子会因你们得到什么呢？你们将饮之以琼浆，灌之以醍醐，还是哺之以糟粕？他会因而变得正直忠信，还是学会奸猾诡诈？当我把我的孩子交出来，当他向这世界求知若渴，世界啊，你给他的会是什么呢？

世界啊，今天早晨，我，一个母亲，向你交出她可爱的小男孩，而你们将还我一个怎样的呢！

Chapter3
这些石头，不要钱

如果上帝也要收费呢？如果它要收设计费和开模费呢？

果真如此，只要一天活下来，我们任何一个人都要变得赤贫，还不到黄昏，我们已经买不起下一口空气了。

一　番 🌸

让我话从两头说起：

有一年，带孩子去日本玩，八月底九月初的天气，不料早晨薄凉，于是叫儿子穿件套头毛衣出去。逛到浅草一带，太阳出来了，忽然之间天气又恢复为夏日，孩子热得受不了，我只好打破旅行不购物的原则，去小店里为他找一件T恤。

找到一件草绿色的，那绿像军服的绿，胸前有两个橘色大字：一番。

一番？我有点吃惊，一番什么？一番春梦？一番爱情？一番人生？总之，不管什么活动，也只是走过一番罢了。

儿子后来飞快地长大了，这件衣服他再也穿不下，我只好捡来自己穿。

故事的另一端是我有个香港朋友，男的，他有个女秘书。有次赴日本开会，他因业务需要便带着这位女秘书同行。不料这位女秘书一到日本立刻跟一位日本男孩热恋起来。会开完了，男孩竟抛了学业跟她回香港，女秘书当然也就辞了职结婚去了。男孩没有了学历，在香港又举目无亲，两人便转到澳门去做导游，专做日本观光客生意。后来又生了孩子，算是恩恩爱爱的一对标准夫妻。

有一天，这位朋友带我去澳门玩，加上他的公司员工，浩浩荡荡一队人马。到了澳门，想起从前那位女秘书，便打电话叫他们一家也来聚聚，于是他们抱着孩子前来赴席。

而那天，我身上便穿着那件"一番"衫。朋友介绍之后，日本男孩盯着我看了一下，忍住什么似的，欲言又止，终于没有说话。筵席快吃完了，男孩向我举杯，并且结结巴巴地开了口：

"你这件 T 恤，有没有多的一件？如果有，可不可以让给我；如果没有，可不可以就把这件让给我——这日本制的 T 恤，让我想起家来。"

我摇摇头，这件衣服有我和儿子的共同记忆，我舍不得卖它。男孩也很知趣，不再说什么。

我乘机问他"一番"在日本是什么意思，他说是"第一"的意思，我恍然失笑，原来不是指人生的一番历练。

那天晚上的饭局，他的脸上写满了落寞。

看得出来他深爱妻小，对自己的行业也很投入，但他脸上的落寞令我不忍。

大概，人类总有一个角落，是留给自己的族人的，那个角落，连爱情也填它不满。

✿ 这些石头，不要钱

朋友住在郊区，我许久没去他家了。有一天，天气极好，我在山径上开车，竟与他的车不期而遇。他正拿着相机打算去拍满山的"五节芒"，可惜没碰上如意的景，倒是把我这个成天"无事忙"的朋友给带回家去吃中饭了。

几年没来，没料到他家"焕然一旧"。空荡荡的大院子里如今有好多棵移来的百年老茄冬，树下又横卧着水牛似的石头，可供饱饭之人大睡一觉的那种大石头。

我嫉妒得眼珠都要发红了，想想自己每天被油烟呛得要死，他们却在此与百年老树共呼吸，与万载巨石同坐席。

"这些石头，这些树，要花多少钱？"

"这些吗？怎么说呢？"朋友的妻笑起来，"这些等于不要钱。石头是人家挖土挖出来的，放在一边，我们花了几包烟几瓶酒就换来了。树呢，也是，都是人家不要的。我们今天不收，它明天就要被人家拿去当柴烧。我们看了不忍心，只好买下来救它一命。"

看来他们夫妇在办老树收容所了。

"怎么搬来的？"

"哈，那就不得了啦！搬树搬石头可花了大钱，大概要二十万呢！"

真不公平，石头不要钱，搬石头的却大把收钱。

我忽然明白了，凡是上帝造的，都不要钱，白云不以斗量求售，浪花不用计码应市。但只要碰到人力，你就得给钱。水本身不要钱，但从水龙头出来的水却需要按度收费。玉兰花不要钱，把花采好提在花篮里卖就要钱了。

如果上帝也要收费呢？如果它要收设计费和开

模费呢？果真如此，只要一天活下来，我们任何一个人都要变得赤贫，还不到黄昏，我们已经买不起下一口空气了。

　　我躺在这不属于我的院子里，在一块不经由我买来的石头上，于一个不由我设计的浮生半日，享受这不需付费的秋日阳光。

✿ 正在发生

　　去菲律宾玩，游到某处，大家在草坪上坐下，有侍者来问，要不要喝椰汁，我说要。只见侍者忽然化身成猴爬上树去，他身手矫健，不到两分钟，他已把现摘的椰子放在我面前，洞已凿好，吸管也已插好，我目瞪口呆。

　　其实，我当然知道所有的椰子都是摘下来的，但当着我的面摘下的感觉就是不一样。以文体做比喻，前者像读一篇"神话传说"，后者却是当着观众一幕幕敷演的舞台剧，前因后果，历历分明。

　　又有一次，在旧金山，喻丽清带我去码头玩，中午进一家餐厅，点了鱼——然后我就看到白衣侍者跑到庭院里去，在一棵矮树上摘柠檬。过不久，鱼端来，上面果真有四分之一块柠檬。

"这柠檬，就是你刚才在院子里摘的吗?"我问。

"是呀!"

我不胜羡慕，原来他们的调味品就长在院子里的树上。

还有一次，宿在恒春农家。清晨起来，槟榔花香得令人心神恍惚。主人为我们做了"菜脯蛋"配稀饭，极美味，三口就吃完了。主人说再炒一盘，我这才发现他是跑到鹅舍草堆里去摸蛋的，不幸被母鹅发现，母鹅气红了脸，叽嘎大叫，主人落荒而逃。第二盘蛋便在这有声有色的场景配乐中上了菜，我这才了解那蛋何以那么鲜香腴厚。而母鹅訾骂不绝，掀天翻地，我终于恍然大悟，原来每一枚蛋的来历都如希腊神话中普罗米修斯盗天火，又如《白蛇传》故事中的《盗仙草》，都是一种非分。我因妄得这非分之惠而感念谢恩——这些，都是十年前的事了。今晨，微雨的窗前，坐忆旧事，心中仍充满愧疚和深谢，对那只鹅。一只蛋，对它而言原是传宗接代存亡续绝的大事业啊!

丈夫很少去菜场，大约一年一两次，有一次要他去补充点小东西，他却该买的不买，反买了一大包鱼丸回来，诘问他，他说：

"他们正在做哪！刚做好的鱼丸哪！我亲眼看见他在做的呀——所以就买了。"

用同样的理由，他在澳洲买了昂贵的羊毛衣，他的说词是：

"他们当我面纺羊毛，打羊毛衣，当然就忍不住买了！"

因为看见，因为整个事件发生在我面前，因为是第一手经验，我们便感动。

但愿我们的城市也充满"正在发生"的律动，例如一棵你看着它长大的市树，一片逐渐成了气候的街头剧场，一股慢慢成形的政治清流，无论什么事，亲自参与了它的发生过程总是动人的。

许士林的独白

——献给那些暌违母颜比十八年更长久的天涯之人

驻马自听

我的马将十里杏花跑成一掠眼的红烟，娘！我回来了！

那尖塔戳得我的眼疼，娘，从小，每天，它嵌在我的窗里，我的梦里，我寂寞童年唯一的风景，娘。

而今，新科的状元，我，许士林，一骑白马、一身红袍来拜我的娘亲。

马踢起大路上的清尘，我的来处是一片雾，勒马蔓草间，一弓鞭，前尘往事，都到眼前。我不需有人讲给我听，只要溯着自己一身的血脉往前走，我总能遇见你，娘。

而今，我一身状元的红袍，有如十八年前，我是一个全身通红的赤子，娘，有谁能撕去这袭红袍，重还我为赤子？有谁能抟我为无知的泥，重回你的无垠无限？

都说你是蛇，我不知道，而我总坚持我记得十月的相依，我是小渚，在你初暖的春水里被环护，我抵死也要告诉他们，我记得你乳汁的微温。他们总说我只是梦见，他们总说我只是猜想，可是，娘，我知道我是知道的，我知道你的血是温的，泪是烫的，我知道你的名字是"母亲"。

而万古乾坤，百年身世，我们母子就那样缘薄吗？才甫一月，他们就把你带走了。有母亲的孩子可聆母亲的音容，没母亲的孩子可依向母亲的坟头，而我呢，娘，我向何处破解恶狠的符咒？

有人将中国分成江南江北，有人把领域划成关内关外，但对我而言，娘，这世界被截成塔底和塔上。塔底是千年万世的黝黑混沌，塔外是荒凉的日光，无奈的春花和忍情的秋月⋯⋯

塔在前，往事在后，我将前去祭拜，但，娘，此刻我徘徊伫立，十八年，我重溯断了的脐带，一路向你泅去，春阳暖暖，有一种令人没顶的怯惧，一种令人没顶的幸福。塔牢牢地楔死在地里，像以往一样牢，我不敢相信你驮着它有十八年之久，我不能相信，它会永永远远镇住你。

十八年不见，娘，你的脸会因长期的等待而萎缩干枯吗？有人说，你是美丽的，他们不说我也知道。

认　取

你的身世似乎大家约好了不让我知道，而我是知道的，当我在井旁看一个女子汲水，当我在河畔看一个女子浣衣，当我在偶然的一瞥间看见当窗绣花的女孩，或在灯下衲鞋的老妇，我的眼眶便乍然湿了。娘，我知道你正化身千亿，向我絮絮地说起你的形象。娘，我每日不见你，却又每日见你，在凡间女子的颦眉瞬目间，将你一一认取。

而你，娘，你在何处认取我呢？在塔的沉重上吗？在雷峰夕照的一线酡红间吗？在寒来暑往的大地腹腔的脉动里吗？

是不是，娘，你一直就认识我，你在我无形体时早已知道我，你从茫茫大化中拼我成形，你从冥漠空无处抟我成体。

而在峨眉山，在竞绿赛青的千岩万壑间，娘，是否我已在你的胸臆中。当你吐纳朝霞夕露之际，是否我已被你所预见？我在你曾仰视的霓虹中舒昂，我在你曾倚以沉思的树干内缓缓引升，我在花，我在叶，当春天第一声小草冒地而生并欢呼时，你听见我。在秋后零落断雁的哀鸣里，你分辨我，娘，我们必然从一开头就是彼此认识的。娘，真的，在你第一次对人世有所感有所激的刹那，我潜在你无限的喜悦里，而在你有所怨有所叹的时分，我藏在你的无限凄凉里，娘，我们必然是从一开头就彼此认识的，你能记忆吗？娘，我在你的眼，你的胸臆，你的血，你的柔和如春浆的四肢。

湖

娘，你来到西湖，从叠烟架翠的峨眉到软红十丈的人间，人间对你而言是非走一趟不可的吗？但里湖、外湖、苏堤、白堤，娘，竟没有一处可堪容你。千年修持，抵不了人间一字相传的血脉姓氏，为什么人类只许自己修仙修道，却不许万物修得人身跟自己平起平坐呢？娘，我一页一页地翻圣贤书，一个一个地去阅人的脸，所谓圣贤书无非要我们做人，但为什么真的人都不想做人呢？娘啊！阅遍了人和书，我只想长哭，娘啊，世间原来并没有人跟你一样痴心地想做人啊！岁岁年年，大雁在头顶的青天上反复指示"人"字是怎么写的，但是，娘，没有一个人在看，更没有一个人看懂了啊！

南屏晚钟，三潭印月，曲院风荷，文人笔下西湖是可以有无限题咏的。冷泉一径冷着，飞来峰似乎想飞到哪里去，西湖的游人万千，来了又去了，谁是坐对大好风物想到人间种种就感激欲泣的人呢，娘，除了你，又有谁呢？

雨

西湖上的雨就这样来了，在春天。

是不是从一开头你就知道和父亲注定不能天长日久做夫妻呢？茫茫天地，你只死心塌地眷着伞下的那一刹那温情。湖色千顷，水波是冷的，光阴百代，时间是冷的，然而一把伞，一把紫竹为柄的八十四骨的油纸伞下，有人跟人的聚首，伞下有人世的芳馨，千年修持是一张没有记忆的空白，而伞下的片刻却足以传诵千年。娘，从峨眉到西湖，万里的风雨雷雹何尝在你意中，你所以眷眷于那把伞，只是爱与那把伞下的人同行，而你心悦那人，只是因为你爱人世，爱这个温柔绵缠的人世。

而人间聚散无常，娘，伞是聚，伞也是散，八十四支骨架，每一支都可能骨肉撕离。娘啊！也许一开头你就是都知道的，知道又怎样，上天下地，你都敢去较量，你不知道什么叫生死。你强扯一根天上的仙草而硬把人间的死亡扭成生命，金山寺一斗，胜利的究竟是谁呢，法海做了一场灵验的法事，而你，娘，你传下了一则喧腾人口的故事。人世的荒原里谁需要法事？我们要的是可以流传百世的故事，可以乳养生民的故事，可以辉耀童年的梦寐和老年的记忆的故事。

而终于，娘，绕着那一湖无情的寒碧，你来到断桥，斩断情缘的断桥。故事从一湖水开始，也向一湖水结束，娘，峨眉是再也回不去了。在断桥，一场惊天动地的婴啼，我们在彼此的眼泪中相逢，然后，分离。

合　钵

一只钵，将你罩住，小小的一片黑暗竟是你而今而后头上的苍穹。娘，我在噩梦中惊醒千回，在那份窒息中挣扎。都说雷峰塔会在凄美的夕照里跌坐，千年万世，只专为镇压一个女子的情痴，娘，镇得住吗？我是不信的。

世间男子总以为女子一片痴情是在他们身上，其实女子所爱的哪里是他们，女子所爱的岂不也是春天的湖山、山间的晴岚、岚中的万紫千红？女子所爱的是一切好气象、好情怀，是她自己一寸心头万顷清澈的爱意，是她自己也说不清道不尽的满腔柔情。像一朵菊花的"抱香枝头死"，一个女子紧紧怀抱的是她自己亮烈美丽的情操，而一只法海的钵能罩得住什么？娘，被收去的是那桩婚姻，收不去的是属于那婚姻中的恩怨牵挂，被镇住的是你的身体，不是你的着意飘散如暮春飞絮的深情。

——而即使身体，娘，他们也只能镇住少部分的你，而大部分的你却在我身上活着。是你的傲气塑成我的骨，是你的柔情流成我的血。当我呼吸，娘，我能感到属于你的肺纳，当我走路，我想到你在这世上的行迹。娘，法海始终没有料到，你仍在西湖，在千山万水间自在地观风望月并且读圣贤书，想天下事，与万千世人摩肩接踵——借一个你的骨血揉成的男孩，借你的儿子。

不管我曾怎样凄伤，但一想起这件事，我就要好好活着，不仅为争一口气，而是为赌一口气！娘，你会赢的，世世代代，你会在我和我的孩子身上活下去。

祭　塔

而娘，塔在前，往事在后，十八年乖隔，我来此只求一拜——人间的新科状元，头簪宫花，身着红袍，要把千般委屈，万种凄凉，都并作纳头一拜。

娘！

那豁然撕裂的是土地吗？

那倏然崩响的是暮云吗？

那颓然而倾斜的是雷峰塔吗？

那哽咽垂泣的是娘，你吗？

是你吗？娘，受孩儿这一拜吧！

你认识这一身通红吗？十八年前是红通通的赤子，而今是宫花红袍的新科状元许士林。我多想扯碎这一身红袍，如果我能重还为你当年怀中的赤子，可是，娘，能吗？

当我读人间的圣贤书，娘，当我援笔为文论人间事，我只想到，我是你的儿，满腔是温柔激荡的爱人世的痴情。而此刻，当我纳头而拜，我是我父之子，来将十八年的亏疚无奈并作惊天动地的一叩首。

且将我的额血留在塔前，作一朵长红的桃花，笑傲朝霞夕照；且将那崩然有声的头颅击打大地的声音化作永恒的暮鼓，留给法海听，留给一骇而倾的塔听。

人间永远有秦火焚不尽的诗书，法钵罩不住的柔情，娘，唯将今夕的一凝目，抵十八年数不尽的骨中的酸楚，血中的辣辛，娘！

终有一天雷峰塔会倒，终有一天尖耸的塔会化成飞散的泥尘，长存的是你对人间那一点执拗的痴！

当我驰马而去，当我在天涯地角，当我歌，当我哭，娘，我忽然明白，你无所不在地临视我，熟知我，我的每一举措于你仍是当年的胎动，扯你，牵你，令你惊喜错愕，令你隔着大地的腹部摸我，并且说："他正在动，他正在动，他要干什么呀？"

让塔骤然而动，娘，且受孩儿这一拜！

后记：许士林是故事中白素贞和许仙的儿子，大部分的叙述者都只把情节说到"合钵"为止，平剧中"祭塔"一段也并不经常演出，但我自己极喜欢这一段，我喜欢那种利剑斩不断、法钵罩不住的人间牵绊，本文试着细细表出许士林叩拜囚在塔中的母亲的心情。

✿ 我自我的田渠归来

近午的时候，暴雨倾盆，而且打雷。闪电劈过城市上空，整条巷子里有四五辆汽车给触动了防盗系统，纷纷大叫起来。一时之间，令人重温了古代山林里百兽咻咻狂啸的场面。

我放下手边的工作，直奔顶层阳台。果不出所料，排水孔给落花坠叶堵住了，积水盈尺，我赤着一双脚去清花叶，大水忽然找到出路，纷纷把自己旋成涡流，奔泻而下。

我全身湿透——而既然湿透，也就没什么可忧可怕的了。干脆又探视了一下石斛兰、荷花、非洲风仙和软枝黄蝉，倒有点像微服出巡似的。

然后下楼，脱掉衣服，用大毛巾把自己擦干，又盛了一碗红心番薯汤来喝。汤里放了两片姜，暖辛暖辛的。这种煮法是某次在大屯山上跟山民学的。此刻热汤放在景德镇制的"米粒瓷碗"里饮来，竟觉这汤简直从口从舌从咽喉一路流到心窝里去了。真的，有些食物对我而言，是只入心室不入胃囊的。

我犹嫌它不够甜，于是又去冰箱里找来一罐从维琴妮亚农场买来的枫糖浆，加了一勺进去。于是，恍惚之间仿佛西半球的山川精华来和这华夏大地里的红心番薯彼此融会贯通，联成一气，并且定静安详地盛在我的碗盏里，像澄澄湖水里卧着一丸艳艳的夕阳。

这一天，觉得自己极幸福，这一天，我是辛苦的老农，刚整理完田渠回家，浑身为雨水湿透，于是喝一碗红心番薯汤，这一天，我活得多么理直气壮啊！

❋ 种种有情

　　有时候，我到水饺店去，饺子端上来的时候，我总是怔怔地望着那一个个透明饱满的形体，北方人叫它"冒气的元宝"，其实它比冷硬的元宝好多了，饺子自身是一个完美的世界，一张薄茧，包覆着简单而又丰盈的美味。

　　我特别喜欢看的，是捏合饺子边皮留下的指纹。世界如此冷漠，天地和文明可能在一刹那之间化为炭劫，但无论如何，当我坐在桌前，上面摆着的某个人亲手捏合的饺子，热雾腾腾中，指纹美如古陶器上的雕痕，吃饺子简直可以因而神圣起来。

　　"手泽"为什么一定要拿来形容书法呢？一切完美的留痕，甚至饺皮上的指纹不都是美丽的手泽吗？我忽然感到万物的有情。

巷口一家饺子馆的招牌是"正宗川味山东饺子馆"，也许是一个四川人和一个山东人合开的，我喜欢那招牌，觉得简直可以画入《清明上河图》。那上面还有电话号码，前面注着 TEL，算是有了三个英文字母，至于号码本身，写的当然是阿拉伯文，一个小招牌，能涵容了四川、山东、中文、阿拉伯（数）字、英文，不能不说是一种可爱。

校车反正是每天都要坐的，而坐车看书也是每天例有的习惯。有一天，车过中山北路，劈头栽下一片叶子，竟把手里的宋诗打得有了声音，多么令人惊异的断句法。

原来是通风窗里掉下来的，也不知是刚刚新落的叶子，还是某棵树上的树子在某时候某地方，偶然憩在偶过的车顶上，此刻又偶然掉下来的。我把叶子揉碎，它是早死了，在此刻，它的芳香在我的两掌复活，我扎开微绿的指尖，竟恍惚自觉是一棵初生的树，并且刚抽出两片新芽，碧绿而芬芳，温暖而多血，镂饰着奇异的脉络和纹路，一叶在左，一叶在右，我是庄严地合着掌的一截新芽。

两年前的夏天，我们到堪萨斯去看朱和他的全家——标准的神仙眷属，博士的先生，硕士的妻子，数目"恰恰好"的孩子，可靠的年薪，高尚住宅区里的房子，房子前的草坪，草坪外的绿树，绿树外的蓝天……

临行，打算合照一张，我四下浏览，无心地说：

"啊，就在你们这棵柳树下面照好不好？"

"我们的柳树？"朱忽然回过头来，正色地说，"什么叫我们的柳树？我们反正是随时可以走的！我随时可以让它不是'我们的柳树'。"

一年以后，他和全家都回来了，不知堪萨斯城的那棵树如今属于谁——但朱属于这块土地，他的门前不再有柳树了，他只能把自己栽成这块土地上的一片绿意。

春天，中山北路的红砖道上有人手拿着用粗绒线做的长腿怪鸟在兜卖，风吹着鸟的瘦胫，飘飘然好像真会走路的样子。

有些外国人忍不住停下来买一只。

忽然，有个中国女人停了下来，她不顶年轻，大概三十左右，一看就知是由于精明干练日子过得很忙碌的女人。

"这东西很好，"她抓住小贩，"一定要外销，一定赚钱，你到××路××巷×号二楼上去，一进门有个×小姐，你去找她，她一定会想办法给你弄外销！"

然后她又回头重复了一次地址，才放心走开。

台湾怎能不富？连路上不相干的路人也会指点别人怎么做外销。其实，那种东西厂商也许早就做外销了，但那女人的热心，真是可爱得紧。

暑假里到中部乡下去，弯入一个岔道，在一棵大榕树底下看到一个身架特别小的孩子，把几根绳索吊在大树上，他自己站在一张小板凳上，结着简单的结，要把那几根绳索编成一个网花盆的吊篮。

他的母亲对着他坐在大门口，一边照顾着杂货店，一边也编着美丽的结，蝉声满树，我停下来搭讪着和那妇人说话，问她卖不卖，她告诉我不能卖，因为厂方签好契约是要外销的。带路的当地朋友说他们全是不露声色的财主。

我想起那年在美国逛梅西公司，问柜台小姐那架录音机是不是台湾做的，她回了一句：

"当然，反正什么都是从日本跟台湾来的。"

我一直怀念那条乡下无名的小路，路旁那一对富足的母子，以及他们怎样在满地绿荫里相对坐编那织满了蝉声的吊篮。

我习惯请一位姓赖的油漆工人，他是客家人，哥哥做木工，一家人彼此生意都有照顾。有一年我打电话找他们，居然不在，因为到关岛去做工程了。

过了一年才回来。

"你们也是要三年出师吧。"有一次我没话找话跟他们闲聊。

"不用，现在两年就行。"

"怎么短了？"

"当然，现代人比较聪明！"

听他说得一本正经，顿时对人类前途都觉得乐观了起来，现代的学徒不用生炉子，不用倒马桶，不用替老板娘抱孩子，当然两年就行了。

我一直记得他们一口咬定现代人比较聪明时脸上那份有尊严的笑容。

老王是一个包工工头，圆滚滚的身材加上圆头圆脸圆眼睛——甚至还有个圆鼻子。

可是我一直觉得他简直诗意得厉害。

一张估价单，他也要用毛笔写，还喜欢盯着人问："怎么？这笔字不顶难看吧？"

碰到承包大工程，他就要一个人躲到乌来去，在青山绿水之间仔细推敲工和料的盈亏。

有一次，偶然闲谈，他兴高采烈地提到他在某某地方做过工程。那是一个军事单位。

"有人说那里有核子弹，你看到没有?"

"当然有!"

"有，又怎么会让你看见?"我笑了起来。

"老实说，我也没看见，"他也笑了起来，不过仍是理直气壮的，"不过，有，我也说有，没有，我也说有，反正我就是硬要说它有。我们做老百姓的就是这样。"

有没有核子弹忽然变得不重要，有老王这样的人才是件可爱的事。

学校下面是一所大医院，黄昏的时候，病人出来散步，有些探病的人也三三两两的散步。

那天，我在山径上便遇见了几个这样的人。

习惯上，我喜欢走慢些去偷听别人说话。

其中有一个人，抱怨钱不经用，抱怨着抱怨着，像所有的中老年人一样，话题忽然就回到四十年前一块钱能买几百个鸡蛋的老故事上去了。

忽然，有一个人憋不住地叫了起来：

"你知道吗，抗战前，我念初中，有一次在街上捡到一张钱，哎呀，后来我等了一个礼拜天，拿着那张钱进城去，又吃了馆子，又吃了冰淇淋，又买了球鞋，又买了字典，又看了电影，哎呀，钱居然还没有花完呐……"

山径渐高，黄昏渐冷。

我驻下脚，看他们渐渐走远，不知为什么，心中涌满了对黄昏时分霜鬓的陌生客的关爱，四十年前的一个小男孩，曾被突来的好运弄得多么愉快，四十年后山径上薄凉的黄昏，他仍然不能忘记……不知为什么，我忽然觉得那人只是一个小男孩，如果可能，我愿意自己是那掉钱的人，让人世中平白多出一段传奇故事……

无论如何，能去细味另一个人的惆怅也是一件好事吧。

元旦的清晨，天气异样的好，不是风和日丽的那种好，是清朗见底毫无渣滓的一种澄澈。我坐在出租车上赶赴一个会，路遇红灯时，车龙全停了下来，我无聊地探头窗外，只见两个年轻人骑着机车，其中一个说了几句话，忽然兴奋地大叫起来：

"真是个好主意啊!"我不知他们想出了什么好主意,但看他们阳光下无邪的笑脸,也忍不住跟着高兴起来,不知道他们的主意是什么主意,但能在偶然的红灯前遇见一个以前没见过以后也不会见到的人真是一个奇异的机缘。他们的脸我是记不住的,但那不重要,重要的是我记得他们石破天惊的欢呼,他们或许去郊游,或许去野餐,或许去访问一个美丽的笑面如花的女孩,他们有没有得到他们预期的喜悦,我不知道,但至少我得到了,我惊喜于我能分享一个陌路的未曾成形的喜悦。

　　有一次,路过香港,有事要和乔宏的太太连络,习惯上我喜欢凌晨或午夜打电话——因为那时候忙碌的人才可能在家。

　　"你是早起的还是晚睡的?"

　　她愣了一下。

　　"我是既早起又晚睡的,孩子要上学,所以要早起,丈夫要拍戏,所以要晚睡——随你多早多晚打来都行。"

这次轮到我愣了，她真厉害，可是厉害的不止她一个人。其实，所有为人妻为人母的大概都有这份本事——只是她们看起来又那样平凡，平凡得自己都弄不懂自己竟有那么大的本领。

女人，真是一种奇怪的人，她可以没有籍贯、没有职业，甚至没有名字地跟着丈夫活着，她什么都给了人，她年老的时候拿不到一文退休金，但她却活得那么劲头，她可以早起可以晚睡，可以吃得极少，可以永无休假地做下去。她一辈子并不清楚自己是在付出还是在拥有。

资深主妇真是一种既可爱又可敬的角色。

文艺会谈结束的那天中午，我因为要赶回宿舍找东西，午餐会上迟到了三分钟，慌慌张张地钻进餐厅，席次都坐好了，大家已经开始吃了，忽然有人招呼我过去坐，那里刚好空着一个座位，我不加考虑地就走过去了。

等走到面前，我才呆了，那是谢东闵主席右首的位置，刚才显然是由于大家谦虚而变成了空位，此刻却变成了我这个冒失鬼的位子，我浑身不自在起来，跟"大官"一起总是件令人手足无措的事。

忽然，谢主席转过头来向我道歉：

"我该给你夹菜的，可是，你看，我的右手不方便，真对不起，不能替你服务了。你自己要多吃点。"

我一时傻眼望着他，以及他的手，不知该说什么。那只伤痕犹在的手忽然美丽起来，炸得掉的是手指，炸不掉的是一个人的风格和气度。我拼命忍住眼泪，我知道，此刻，我不是坐在一个"大官"旁边，而是一个温煦的"人"的旁边。

经过火车站的时候，我总忍不住要去看留言牌。

那些粉笔字不知道铁路局允许它保留半天或一天，它们不是宣纸上的书法，不是金石上的篆刻，不是小笺上的墨痕，它们注定立刻便要消逝——但它们存在的时候，它是多好的一根丝缕，就那样绾住了人间种种的牵牵绊绊。

我竟把那些句子抄了下来：

缎：久候未遇，已返，请来龙泉见。

春花：等你不见，我走了（我二点再来）。荣。

展：我与姨妈往内埔姐家，晚上九时不来等你。

每次看到那样的字总觉得好，觉得那些不遇、焦灼、愚痴中也自有一份可爱。一份人间的必要的温度。

还有一个人，也不署名，也没称谓，只扎手扎脚地写了"吾走矣"三个大字，板黑字白，气势好像要突破挂板飞去的样子。也不知道究竟是写给某一个人看的，还是写给过往来客的一句诗偈，总之，令人看得心头一震！

《红楼梦》里麻鞋鹑衣的疯道人可以一路唱着《好了歌》，告诉世人万般"好"都是因为了断尘缘，但为什么要了断呢？每次我望着大小驿站中的留言牌，总觉万般的好都是因为不了不断，不能割舍而来的。

天地也无非是风雨中的一座驿亭，人生也无非是种种羁心绊意的事和情，能题诗在壁总是好的！

✿ 半盘豆腐

和马悦然先生同席，主人叫了些菜，第一盘上来的是"虾子豆腐"。

后面几道菜陆续端来的时候，女侍轻声提醒我们要不要把前菜撤下。

席间几个人彼此交换了一下眼色，大家都客气，等着别人下决定。时间过程也许是一秒钟吧？女侍仿佛认为那是默许，便打算动手撤盘子了。

"喔——这——"马教授警觉到再不说话，那半盘豆腐大概就要从此消失了，但他又是温文的，不坚持的，所以他欲言又止起来。

女侍毕竟训练有素，看到主客的反应，立刻把盘子放回。

"啊——我——"马教授大约经历了一番天人交战，此刻不禁笑了，"我还老是记得自己是个穷学生的时候。"

穷学生？他现在已是退休的资深教授，是欧洲汉学的泰斗，是诺贝尔文学奖评审委员中唯一通达中文的委员。所谓穷学生，那分明已是四十多年前的旧事了。

是啊，四十多年前，因为想着要看比翻译本的老子更多一点的东西，他从瑞典远赴四川。穿一领蓝布大褂，让路人指指点点。那一年，那红颊的中国少女多么善睐其明眸啊！他终于娶了少女，把自己彻底给了中国。

没有人不敬其学问渊深，没有人不感其风骨峻嶒。

但这一霎，我却深爱他介乎顽皮和无辜之间的眼神。终其一生，我想他都是那个简单的穷学生，吃简单的饭，喝简单的酒，用直来直往的简单方法为人处世，并且珍膳每一口美味，爱惜每一分物力。

多么好的人生滋味啊，都藏在那不忍拿走的半盘豆腐里。

Chapter4
四个身处婚姻危机的女人

文学本是性灵的东西，性灵的东西在现实生活里不容易发挥什么功用，她们却居然让文学为自己的婚姻效力，也算不简单了。

回头觉 🌸

几个朋友围坐聊天，聊到"睡眠"。

"世上最好的觉就是回头觉。"有一人发表意见。

立刻有好几人附和。回头觉也有人叫"还魂觉"，如果睡过，就知道其妙无穷。

回头觉是好觉，这种状况也许并不合理，因为好觉应该一气呵成，首尾一贯才对，一口气睡得饱饱，起来时可以大喝一声："八小时后又是一条好汉！"

回头觉却是残破的，睡到一半，闹钟猛叫，必须爬起，起来后头重脚轻，昏昏倒倒，神志迷糊，不知怎么却又猛想起，今天是假日，不必上班上学，于是立刻回去倒头大睡。这"倒下之际"那种失而复得的喜悦，是回头觉甜美的原因。

世间万事，好像也是如此，如果不面临"失去"的惶恐，不像遭剥皮一般被活活剥下什么东西，也不会憬悟"曾经拥有"的喜悦。

你不喜欢你所住的公寓，它窄小、通风不良，隔间也不理想。但有一天你忽然听见消息，说它是违章建筑，违反都市计划，市府下个月就要派人来拆了。这时候你才发现它是多么好的一栋房子啊，它多么温馨安适，一旦拆掉真是可惜，叫人到哪里再去找一栋和它相当的好房子？

如果这时候有人告诉你这一切不过是误传，这栋房子并不是违建，你可以安心地住下去——这时候，你不禁欢欣喜悦，仿佛捡到一栋房子。

身边的人也是如此，惹人烦的配偶，缠人的小孩，久病的父母，一旦无常，才知道因缘不易。从癌症魔掌中抢回亲人，往往使我们有叩谢天恩的冲动。

原来一切的"继续"其实都可以被外力"打

断"，一切的"进行"都可能强行"中止"，而所谓的"存在"也都可以剥夺成"不存在"。

能睡一个完美的觉的人是幸福的，可惜的是他往往并不知道自己拥有那份幸福。因此被吵醒而回头再睡的那一觉反而显得更幸福，只有遭剥夺的人才知道自己拥有的是什么。

让我们想象一下自己拥有的一切有多少是可能遭掠夺的，这种想象有助于增长自己的"幸福评分指数"。

鸟巢蕨，什么时候该丢？✿

我买了一丛鸟巢蕨，那是十年前的旧事了。

说"一丛"不太正确，应该说是"一丛半"。小丛的鸟巢蕨，偎在大丛边上，看来如母子相依。我喜欢那姿态，不觉心动买下。及至回到家里，不料那大丛越长越大，小丛缩在大丛之下，逐渐萎小，最后终于枯干黄卷而至消失。

鸟巢蕨又名"台湾山苏"，在林野中处处都可遇到，它又常常长在老树上，一副非常随遇而安的样子。我因那"台湾山苏"的名字而格外疼惜它，凡是冠上此类名称的动植物，总让我心动。例如"台湾相思"或"中华鲟鱼"，听来真像和自己刚认过宗又叙罢家谱的堂兄弟。

　　而这位堂兄弟不幸夭损了一个，我不能不感伤。终于，我想出办法来了，我要去找原来卖鸟巢蕨的花店，问他们能不能为我补种半丛小蕨，付钱没有关系，我喜欢它原来的构图，我喜欢小蕨稚弱依人的样子。

　　花店一向是个美丽的地方，花店里的小姐也是。我抱着鸟巢蕨走进店来，小姐惊奇地望着我。我有点抱歉，向来，只有人抱着植物出去，哪有人抱着植物进来？

　　"是这样的……我半年前买……死了……可不可以请你在同位置再为我补种一丛……"

　　"半年了？"美丽的小姐有点不屑，"半年了你也就可以丢掉了，都市里的人买绿色植物来养，谁不是养养就死？我看你也不必麻烦了，就把这盆丢到垃圾车里去算了，你再选一盆新的，我算你便宜。哪里有像你这样买了盆植物就一直养下去不丢的？"

　　这一次，轮到我睁大眼睛看她了。美丽的

她，怎么会说出这番怪论来？凭什么植物只是"养眼消费品"，看烦了就丢？一棵树，只要照料得好，是混个百年乃至千年都没有问题的。要丢，它来丢我还差不多，我是绝对没有资格去丢它的。

鸟巢蕨能活多久？我不太知道，但它的嫩叶一重重抽出来，生生不息。就我的想法，百年应该也不是问题，我何忍让它夭折。花店店员只知推销产品，别理她就算了。

我把鸟巢蕨重新带回来，几乎是落荒而逃，两下里都有点劫后余生的意味。我赌气好好养它，它至今活着，如翡翠，如碧波，既不打算死，也没有倦勤或退休之意。每当它抽出一张通透如"祖母绿"的新叶，如同赌徒又展示出一张王牌，我就会神秘一笑，对它说：

"哈！好家伙，你知道吗？你这条命是捡回来的！十年前就有个坏女孩劝我把你甩了呢！"

鸟巢蕨似笑非笑，我想它什么都知道，但它

什么都不说，只一径绿着。非常绿非常绿地绿着。

🌸 四个身处婚姻危机的女人

元代画家赵孟頫的妻子管夫人写过一首词，十分脍炙人口：

你侬我侬，忒煞情多；

情多处，热如火；

把一块泥，捻一个你，塑一个我，

将咱两个一齐打破，用水调和；

再捻一个你，再塑一个我。

我泥中有你，你泥中有我；

我与你生同一个衾，

死同一个椁。

这首词二十年前一度是街头巷尾流行的现代情歌。它不但写得好，而且还很实用，据说当年让赵孟頫读此词而回心转意，罢了娶妾的念头。原来这么美的一首情诗竟是拿来"劝退"的。中国古来用文学挽救婚姻的故事发生过几次，第一次主角是汉代的陈皇后，她因嫉妒，遭汉武帝打入冷宫。司马相如替她写了《长门赋》，稿费黄金百斤（古代黄金未必只指金子，但仍是令现代人咋舌的笔润）。这篇高价买来的文章，果真有点功能，算是令她暂时和皇帝恢复了一阵亲善关系。

吊诡的是，这少年时代为人写《长门赋》的司马相如，后来老病之余也想娶妾。这一次，他那浪漫的妻子卓文君又能到哪里去找人替自己写感人的"短门赋"呢？她只好自己动手来写了。她写了一首《白头吟》，口气非常自尊自重，其辞如下：

> 皑如山上雪，皎若云间月，
> 闻君有两意，故来相决绝。
> 今日斗酒会，明日沟水头，

蹀躞御沟上，沟水东西流。

凄凄复凄凄，嫁娶不须啼，

愿得一心人，白头不相离。

竹竿何袅袅，鱼尾何簁簁，

男儿重意气，何用钱刀为！

　　另外一个女人叫苏蕙，是晋代窦滔的妻子。窦滔镇襄阳，带着宠姬赵阳台去赴任，把苏蕙留在家中。苏蕙手织了一篇璇玑文，上面有八百多字，纵横反复，皆成章句。窦滔读了，很惊讶妻子的才华——不过好像也就那么感动一下就是了，没听说苏蕙的处境获得什么改善。

　　这四个女人或动笔，或动织布机，或劳动一代文豪。总之，她们都试图用文学来挽回颓势，而且多少也获致了一点成功。文学本是性灵的东西，性灵的东西在现实生活里不容易发挥什么功用，她们却居然让文学为自己的婚姻效力，也算不简单了。

　　但不知为什么，我读这些诗，却只觉悲惨，连她们的胜利我也只觉是惨胜，我只能寄予无限悲

悯。啊，那些美丽的蕙质兰心的女子，为什么她们
的男人竟不懂得好好疼惜她们呢?

好艳丽的一块土 ✻

好艳丽的一块土！

沙土是桧木心的那种橙红，干净、清爽，每一片土都用海浪镶了边——好宽好白的精工花边，一座一座环起来足足有六十四个岛，个个都上了阳光的釉，然后就把自己亮在蓝天蓝海之间（那种坦率得毫无城府的蓝），像亮出一把得意而漂亮的牌。

我渴望它，已经很久了。

它的名字叫澎湖。

"到澎湖去玩吗？"

"不是！"——我讨厌那个"玩"字。

"去找灵感吗？"

"不是！"——鬼才要找灵感。

"那么去干什么?"

干什么? 我没有办法解释我要干什么,当我在东京抚摸皇苑中的老旧城门,我想的是居庸关;当我在午后盹意的风中听密西西比,我想的是瀑布一般的黄河。血管中一旦有中国,你就永远不安!

于是,去澎湖就成了一种必要。当浊浪正浊,我要把剩在水面上的净土好好踩遍,不是去玩,是去朝山,是去谒水,是去每一寸属于自己的土皋上献我的心香。

于是,我就到了澎湖,在晓色中。

"停车,停车,"我叫了起来,"那是什么花?"

"小野菊。"

我跳下车去,路,伸展在两侧的干沙中,有树、有草、有花生藤,绿意遮不住那些粗莽的太阳色的大地,可是那花却把一切的荒凉压住了——从来没有看过这么漂亮的野菊,真的是"怒放",一大蓬,一大蓬的,薄薄的橙红花瓣显然只有从那种艳丽的沙土才能提炼出来——澎湖什么都是橙红色的,哈密瓜和嘉宝瓜的肉瓤全是那种颜色。

浓浓的艳色握在手里。车子切开风往前驰。

我想起儿子小的时候，路还走不稳，带他去玩，他没有物权观念，老是要去摘花，我严加告诫，但是，后来他很不服气地发现我在摘野花。我终于想起了一个解释的办法。

"人种的，不准摘。"我说，"上帝种的，可以摘。"

他以后逢花便问：

"这是上帝种的还是人种的？"

澎湖到处都是上帝种的花，污染问题还没有伸展到这块漂亮干净的土上来，小野菊应该是县花。另外，还有一种仙人掌花，娇黄娇黄的，也开得到处都是——能一下子看到那么多野生的东西，让我几乎眼湿。

应该制作一套野花明信片的，我自己就至少找到了七八种花。大的，小的，盘地而生的，匍匐在岩缝里的，红的，白的，粉紫的，蓝紫的……我忽然忧愁起来，它们在四季的海风里不知美了几千几万年了，但却很可能在一夜之间消失，文明总是来得太蛮悍，太赶尽杀绝……

出租车司机姓许，广东人，喜欢说话，太太在家养猪，他开车导游，养着三个孩子——他显然对自己的行业十分醉心。

"客人都喜欢我，因为我这个人实实在在。我每一个风景都熟，我每一个地方都带人家去。"

我也几乎立刻就喜欢他了，我一向喜欢善于"侃空"的村夫，熟知小掌故的野老，或者说"善盖"的人，即使被唬得一愣一愣也在所不惜。

他的普通话是广东腔的，台语却又是普通话腔的，他短小精悍。全身晒得红红亮亮，眼睛却因此衬得特别黑而灵动。

他的用辞十分"文明"，他喜欢说："不久的将来……"

反正整个澎湖在他嘴里有数不清的"不久的将来……"

他带我到林投公园，吉上将的墓前：

"卢沟桥第一炮就是他打的呀，可是他不摆官架子，他还跟我玩过呢!"

他不厌其烦地告诉我"白沙乡"所以得名是因为它的沙子是白的，不是黑的——他说得那么自豪，好像那些沙子全是经他手漂白的一样。

牛车经过，人经过，出租车经过，几乎人人都跟他打招呼，他很得意:

"这里大家都认得我——他们都坐过我的车呀!"

我真的很喜欢他了。

去看那棵老榕树真是惊讶，一截当年难船上的小树苗，被人捡起来，却在异域盘根错节地蔓延出几十条根（事实上，看起来是几十条树干），叶子一路绿下去，猛一看不像一棵树，倒像一座森林。

树并不好看，尤其每条根都用板子箍住，而且隔不多远又有水泥梁柱撑着，看来太匠气，远不及台南延平郡王祠里的大榕轩昂自得，但令人生敬的是那份生机，榕树几乎就是树中的汉民族——它简直硬是可以把空气都变成泥土，并且在其间扎根繁衍。

从一些正在拆除的旧房子看去，发现墙壁内层竟是海边礁石。想象中鲁恭王坏孔子壁，掘出那些典籍有多高兴，一个异乡客忽然发现一栋礁石暗墙也该有多高兴。可惜澎湖的新房子不这样盖了，现在是灰色水泥墙加粉红色水泥屋瓦，没有什么特色，但总比台北街头的马赛克高尚——马赛克把一幢幢的大厦别墅全弄得像大型厕所。

那种多孔多穴的礁石叫老砧石，仍然被用，不过只在田间使用了，澎湖风大，有一种摧尽生机的风叫"火烧风"，澎湖的农人便只好细心地用老砧石围成园子，把蔬菜圈在里面种，有时甚至蒙上旧渔网，苍黑色的老砧石佶曲怪异，叠成墙看起来真像古堡，蔬菜就是碉堡中娇柔的公主。

在一方一方的蔬菜碉堡间有一条一条的"沙牛"——沙牛就是黄牛，但我喜欢沙牛这个乡人惯用的名字。

一路看老砧石的菜园，想着自己属于一个在风里、沙里以及最瘦的瘠地上和最无凭的大海里都能生存下去的民族，不禁满心鼓胀着欣悦，我心中一千次学孔丘凭车而轼的旧礼，我急于向许多事物致敬。

到鲸鱼洞，我才忽然发现矗然壁立的玄武岩有多美丽！大、硬、黑而骄傲。

鲸鱼洞其实在退潮时只是一圈大穹门，相传曾有鲸鱼在涨潮时进入洞内，潮退了，它死在那里。

天暗着，灰褐色的海画眉忽然唱起来，飞走，再唱，然后再飞，我不知道它急着说些什么。

站在被海水打落下来的大岩石上，海天一片黯淡的黛蓝，是要下雨了，澎湖很久没下雨，下一点最好。

"天黑下来了，"驾驶员说，"看样子那边也要下雨了。"

那边！

同载一片海雨欲来的天空，却有这边和那边。

同弄一湾涨落不已的潮汐，却有那边和这边。

烟水苍茫，风雨欲来不来，阴霾在天，浪在远近的岩岬上：剖开它历历然千百万年未曾变色的心迹。

"那边是真像也要下雨了。"我讷讷地回答。

天神，如果我能祈求什么，我不做鲸鱼不做洞，单做一片悲涩沉重的云，将一身沛然舍为两岸的雨。

在餐厅里吃海鲜的时候，心情竟是虔诚的。

餐馆的地是珍珠色贝壳混合的磨石子，院子里铺着珊瑚礁，墙柱和楼梯扶手也都是贝壳镶的。

"我全家拣了三年哪！"他说。

其实房子的格局不好，谈不上设计，所谓的"美术灯"也把贝壳柱子弄得很古怪，但仍然令人感动，感动于三年来全家经之营之的那份苦心，感动于他知道澎湖将会为人所爱的那份欣欣然的自信，感动于他们把贝壳几乎当图腾来崇敬的那份自尊。

"这块空白并不是贝壳掉下来了，"他唯恐我发现一丝不完美，"是客人想拿回去做纪念，我就给了。"

如果是我，我要在珊瑚上种遍野菊，我要盖一座贝壳形的餐厅，客人来时，我要吹响充满潮音的海螺，我要将多刺的魔鬼鱼的外壳注上蜡或鱼油，在每一个黄昏点燃，我要以鲸鱼的剑形的肋骨为桌腿，我要给每个客人一个充满海草香味的软垫，我要以渔网为桌巾，我要……

——反正也是胡思乱想。

龙虾、海胆、塔形的螺、鲑鱼都上来了。

说来好笑，我并不是为吃而吃的，我是为赌气而吃的。

总是听老一辈的说神话似的谭厨，说姑姑筵，说北平的东来顺或上海的……连一只小汤包，他们也说得有如龙肝凤胆，他们的结论是："你们哪里吃过好东西。"

似乎是好日子全被他们过完了，好东西全被他们吃光了。

但他们哪里吃过龙虾和海胆？他们哪里知道新鲜的小卷和九孔？好的海鲜几乎是不用厨师的，像一篇素材极美的文章，技巧竟成为多余。

人有时多么愚蠢，我们一直系念着初恋，而把跟我们生活几乎三十年之久的配偶忘了，台澎金马的美恐怕是我们大多数的人还没有学会去拥抱的。

我愿意有一天在太湖吃蟹，我愿意有一天在贵州饮茅台，我甚至愿意到新疆去饮油茶，不是为吃，而是为去感觉中国的大地属于我的感觉，但我一定要先学会虔诚地吃一只龙虾，不为别的，只为它是海中——我家院宇——所收获的作物，古代的秦始皇曾将爱意和尊敬封给一株在山中为他遮住骤雨的松树，我怎能不爱我二十八年来生存在其上的一片土地？我怎能不爱这相关的一切？

跳上船去看海是第二天早晨的事。

船本来是渔船，现在却变为游览船了。

正如好的海鲜不需要厨师，好的海景既不需要导游也不需要文人的题咏，海就是海，空阔一片，最简单最深沉的海。

坐在船头，风高浪急，浪花和阳光一起朗朗地落在甲板上，一片明晃，船主很认真从事，每到一个小岛就赶我们下去观光——岛很好？但是海更好，海好得让人牵起乡愁，我不是来看陆地的，我来看海，干净的海。我也许该到户籍科去，把身份证上籍贯那一栏里"江苏"旁边加一行字——也可能是"海"。

在什么时候，我不知道，但我知道我一定曾经隶籍于海。

上了岸第一个小岛叫桶盘，我到小坡上去看坟墓和房子，船主认真地执行他的任务——告诉我走错了，他说应该去看那色彩鲜丽的庙，其实澎湖没有一个村子没有庙，我头一天已经看了不少，一般而言，澎湖的庙比台湾的好，因为商业气息少，但其实我更爱看的是小岛上的民宅。

那些黯淡的，卑微的，与泥土同色系的小屋，涨潮时，是否有浪花来扣他们的窗扉？风起时，女人怎样焦急地眺望？我曾读《冰岛渔夫》，我曾读爱尔兰辛约翰的《海上骑士》，但我更希望读到的是匍匐在岩石间属于中国渔民讨海的故事。

其实，一间泥土色的民宅，是比一切的庙宇更加庙宇的。生于斯，长于斯，枕着涛声，抱着海风的一间小屋，被阳光吻亮又被岁月侵蚀而斑驳的一间小屋。采过珊瑚，捕过鱼虾，终而全家人，被时间攫虏的一间小屋。欢乐而凄凉，丰富而贫穷，发生过万事千事却又似乎什么都没有发生的悠然意远小屋——有什么庙宇能跟你一样？

绕过坡地上埋伏的野花，绕过小屋，我到了坟地，惊喜地看到屋坟交界处的一面碑，上面写着"泰山石敢当"，下面两个小字是"风煞"（也不知道那碑是用来保护房子还是坟地，在这荒凉的小岛上。生死好像忽然变得如此相关相连）。汉民族是一个怎样的民族！不管在哪里，他们永远记得泰山。泰山，古帝王封禅期间的，孔子震撼于其上的，一座怎样的山！

有一个小岛，叫风柜，那名字简直是诗，岛上有风柜洞，其实，像风柜的何止是洞！整个岛在海上，不也是一只风柜吗，让八方风云来袭，我们只做一只收拿风的风柜。

航过一个小岛，终于回到马公——那个大岛，下午，半小时的飞机，我回到更大的岛——台湾。

我忽然知道，世界上并没有新大陆和旧大陆，所有的陆地都是岛，或大或小的岛，悬在淼淼烟波中，所有的岛都要接受浪，但千年的浪只是浪，岛仍是岛。

像一座心浮凸在昂然波涌的血中那样漂亮，我会记得澎湖——好艳丽的一块土！

传说中的宝石 🌸

那年初秋，我们在韩国庆州土含山佛国寺观日出。

清晨绝冷，大家一路往更高更冷的地方爬上去，爬到一座佛寺，有人出面为那座并不起眼的佛像作一番解释：

"啊哟！你们来的时候不对！如果你们是十二月二十二号那天来，就不得了啦！那菩萨的额头中间嵌着一块宝石哩！到了十二月二十二号那天早晨，太阳的角度刚好照在那块宝石上，就会射出千千万万条光芒，连海上远远的渔船都看得见呢！"

我们没有看到那出名的"石窟庵菩萨"的奇景，只好把对方词不达意地翻译放在心上，一面将信将疑地继续爬山路。那天早晨我们及时到达山顶，兴奋地从云絮深处看那丸蹦跃而出的血红日头。

每想起庆州之行虽会回想那看得到的日出胜景，却不免更神往那未曾看到的万道华彩。其辉灿炫丽处，果如传说中说的那么神奇吗？后来又听人说，那块宝石早就失窃了。果真失窃，那么，看不到奇景的遗憾，就不仅是我一个人的了。这件事在我心里渐渐变成一件美丽的疑案，我常想，如果宝石尚在，每一年的某月某时某分，太阳就真可以将一块菩萨额头的宝石折射成万道光华吗？我不知道，然而，我却知道——

如果，清晨时分我面对太阳站立，那么，我脸上那平凡安静的双瞳也会因日出而幻化为光辉流烁的稀世黑晶宝石！不必等什么十二月二十二日，每一天的日出，我的眼睛都可自动对准太阳而射出欢呼和华彩——并且，这一块（不，这两块）永不遭窃。除非，有一天，时间之神自己亲手来将它取回。

我于是憬悟到自身的庄严、灿美，原来尤胜于在深山莲花座上趺坐的石佛。

没有人叫我阿山 ✿

"如果有同学叫你'阿山'你就跟他打！"表姐偷偷把我叫到一边，跟我说，"不要让人家叫你'阿山'。"

"'阿山'是什么?"我傻乎乎的，"没有人叫我'阿山'呀！他们都叫我'小轰'（按指台湾普通话念'晓风'两字的发音）。"

表姐当时母女四人都住我家，我八岁，她则十五六岁了，她的世界好像跟我的不太一样。

我原来不知道有"阿山"一词，她说了，我就忍不住要去留意，但听来听去，也没听到有叫我"阿山"的声音，不禁有点失望。

——许多年后我才知道，阿山原来是指唐山来的人，不该算句骂人的话。好在当年没有人那样叫我，否则那场架也打得冤枉。

那时是一九四九年，我同班的同学都没有读过日文，但不知怎么回事，她们都会唱日本歌谣。我也跟她们乱唱，一边唱，一边拍球。"丢米袋"（也叫捡石子儿）唱的则是另外一首。这两种游戏都是在"排路队"的时候玩的。当时我读中山小学，住在抚顺街附近，我们住中山北路西侧的同学都要在现在美琪饭店的地方排路队，等齐了同学才一起上学，这种团体精神大约也是日本人留下来的旧风。同学到得早的就玩游戏，玩得最多的便是拍球和丢米袋了，"跳房子"和"跳橡皮筋"是后来才兴的。

拍球的方法很滑稽，一面拍，一面唱：

"子——枝（ㄍ一）——牙——懦——呢——呢——呢"

然后忽然把球从两腿之间往后面一送，用后面裙子包截住，做这个动作的时候要唱：

"哦——斯——多——那——依——窟——"

很多年后，我才知道自己小时候唱的是些日本歌谣，才知道"子——枝——牙——懦"是"月夜"的意思。也好在当时不知，如果知道是日本歌谣免不了回家去炫耀，而如果说了出来，搞不好会被妈妈"禁唱"，当时的外省人，大概没有不仇日的。

"丢米袋"的那首歌词如下：

"哦——依——多——子，哦——依——多——子，气（ㄋ一）——里——兮——多——哦——萨——拉，哦——依——麻——米……"

这首歌词是什么意思我一概不知，后来请教了一些中年人，他们也都茫然，我有点为那些童年游戏的背景音乐即将消失而怅然。

被人叫"阿山"的经验固然没有，但，作为一个"外省囝仔"，我却也有小小的烦恼。天冷了，我穿了件毛衣去上学，这件毛衣竟把我弄成了"异类"，因为全校只有我一个人穿着这种"怪衣服"。

下课的时候，全班同学都来要求拔我毛衣上的小疙瘩（想来也是毛衣穿旧了，才会有那些疙瘩），自己班上的同学倒也罢了，连别班的也跑来分一杯羹。

"借我拔一点啦！借我拔一点啦！"

于是，我只好像个傻瓜似的站在那里，任人"拔毛"，我其实并不气同学，我只是为自己的"异常"烦恼。

我带的便当也很古怪，人家都是一只铝制品，我的却是一只巧克力糖盒子，盒面上还有凸纹的，每天吃饭我都不得安宁，每个同学都要来看看这只盒子，并且发表不以为然的意见。我很想要母亲给我买一个跟"正常人"一样的便当盒，可是母亲不答应，理由是"没有钱"，那时代外省人（上海人除外）都活得很穷很惶恐。奇怪的是为什么又穷又有巧克力糖呢？我想，穷，是因为身在异乡没有安全感，一切能凑合便凑合。巧克力糖则是代表家里还是某种台面上人物，所以有时也有旧日长官或部属来送一份礼。像朋友亮轩也有这种荒谬的故事：家里穷，买不起当时流行的胶质砚台（丢在地下都打不破的），却捧着一方"端砚"去上学。买廉价的胶砚的钱是没有的，价值几十万（以现在的价格论）的"端砚"却任你拿去，破落户过的日子经常如此荒谬。

读初中以后我发现"外省团仔"里面应该分成"空小（空军小学）派"和"非空小派"，空小派不太懂注音，四川话说得比普通话溜，"非空小派"，像我，则多少会说些台语了。

到了今天，有时会碰到朋友赞美我的台语，我的反应常是一脸不屑，我说：

"我现在台语久不说，退步多啦！当年，哼，我台语说得好的时候，人家都说：'你的普通话讲得不坏呢！'"

没有人叫我"阿山"，我也没有那样想过我自己。

Chapter5
地毯的那一端

当金钟轻摇，蜡炬燃起，我乐于走过众人去立下永恒的誓愿。因为，哦，德，因为我知道，是谁，在地毯的那一端等我。

绿色的书简

梅梅、素素、圆圆、满满、小弟和小妹：

当我一口气写完了你们六个名字，我的心中开始有着异样的感动，这种心情恐怕很少有人会体会的，除非这人也是五个妹妹和一个弟弟的姐姐，除非这人的弟妹也像你们一样惹人恼又惹人爱。

此刻正是清晨，想你们也都起身了吧？真想看看你们睁开眼睛时的样子呢！六个人，刚好有一打亮而圆的紫葡萄眼珠儿，想想看，该有多可爱——十二颗滴溜溜的葡萄珠子围着餐桌，转动着，闪耀着，真是一宗可观的财富啊！

现在，太阳升上来，雾渐渐散去，原野上一片湮绿，看起来绵软软的，让我觉得即使我不小心，从这山上摔了下去，也不会擦伤一块皮的，顶多被弹两下，沾上一袜子洗不掉的绿罢了。还有那条绕着山脚的小河，也泛出绿色了，那是另外一种绿，明晃晃的，像是抹了油似的；至于山，仍是绿色，却是一堆浓郁郁的黛绿，让人觉得，无论从哪里下手，都不能拨开一条小缝的，让人觉得，即使刨开它两层下来，它的绿仍然不会减色的。此外，我的纱窗也是绿的，极浅极浅的绿，被太阳一照，当真就像古美人的纱裙一样缥缈了。你们想，我在这样一个染满了绿意的早晨和你们写信，我的心里又焉能不充溢着生气勃勃的绿呢？

这些年来我很少和你们写信，每次想起来心中总觉得很愧疚，其实我何尝忘记过你们呢？每天晚上，当我默默地说："求全能的天父看顾我的弟弟妹妹。"我的心情总是激动的，而你们六张小脸便很自然地浮现在我脑中，每当此际我要待好一会才能继续说下去。我常想要告诉你们，我是如何喜欢你们，尽管我们拌过嘴，打过架，赌咒发誓不跟对方说话，但如今我长大了，我便明白，我们原是一块珍贵的绿宝石，被一双神奇的手凿成了精巧的七颗，又系成一串儿。弟弟妹妹们，我们真该常常记得，我们是不能分割的一串儿！

前些日子我曾给妈妈寄了一张毕业照去，不知道你们看到没有，我想你们对那顶方帽子都很感兴趣吧？我却记得，当我在照相馆中换上了那套学士服的时候，眼眶中竟充满了泪水。我常想，奋斗四年得到一个学位，混四年何尝不也得一个学位呢？所不同的，大概唯有冠上那顶帽子时内心的感受吧！我记得那天我曾在更衣镜前痴立了许久，我想起了我们的祖父，他赶上一个科举甫废的年代，什么功名也没有取得；我也想起了我们的父亲，他是个半生戎马的军人，当然也就没有学位可谈了。而我何幸成为这家族中的第一个获得学士学位的人？这又岂是我一人之功，生长于这种乱世，而竟能在免于冻馁之外，加上进德修业的机会，上天何其钟爱我！

我不希望这是我们家仅有的一顶方帽子，我盼望你们也能去争取它。真盼望将来有一天，我们老了，大家把自己的帽子和自己的儿孙的帽子都陈设出来，足足地堆上一个屋子。（记得吗？"一屋子"是我们形容数目的最高级形容词。有时候，一千一万一亿都及不上它的。）

在那顶方帽子之下，你们可以看到我新剪的短发，那天为着照相，勉强修饰了一下，有时候，实在乱得不像样，我却爱引用肯尼迪总统在别人攻击他头发时所说的一句话，他说："我相信所有治理国家的东西，是长在头皮下面，而不是上面。"为了这句话，我就愈发忘形了，无论是哪一种发式，我很少把它弄得服帖过，但我希望你们不要学我，尤其是妹妹们，更应该时常修饰得整整齐齐，妇容和妇德是同样值得重视的。

当然，你们也会看到在头发下面的那双眼，尽管它并不晶莹美丽，像小说上所形容的，但你们可曾在其中发现一丝的昏暗和失望吗？没有，你们的姐姐虽然离开家，到一个遥远的陌生地去求学，但她从来没有让目光下垂过，让脚步颓唐过，她从来不沮丧，也不灰心，你们都该学她，把眼睛向前看，向那无比远大的前程望去。

你们还看见什么呢？看到那件半露在学士服外的新旗袍了吧？你们同学的姐姐可能也有一件这样的白旗袍，但你们可以骄傲，因为你们姐姐的这一件和她们有所不同，因为是我用脑和手去赚得的，不久以后你们会发现，一个人靠努力赚得自己的衣食，是多么快乐而又多么骄傲的一件事。

　　最后，你们必定会注意到那件披在外面、宽大而严肃的学士服，爱穿新衣服的小妹也许很想试试吧？其实这衣服并不好看，就如获得它的过程并不平顺一样，人生中有很多东西都是这样的。美丽耀眼的东西在生活中并不多见，而获得任何东西的过程，却没有不艰辛的。

　　我费了这些笔墨，我所想告诉你们的岂是一张小照吗？我渴望让你们了解我所了解的，付上我所付上的，得着我所得着的，我企望你们都能赶上我，并且超越我！

　　梅梅也许是第一个步上这条路的，因为你即将高中毕业了，我希望你在最后两个月中发愤读点书。我一向认为你是很聪明的，也许就因为聪明的缘故，你对教科书丝毫不感兴趣。其实以往我何尝甘心读书，我是宁愿到校园中去统计每一朵玫瑰花的瓣儿，也不屑去作代数习题的。但是，妹妹，无论如何，我们不能勉强每一件事都如我们的意，我们固然应该学我们所爱好的东西，却也没有理由摒弃我们所不感兴趣的东西。我知道你也喜欢写作的，前些日子我偶然从一个同学的剪贴簿上发现我们两个人的作品，私心窃喜不已，这证明我们两人的作品不但被刊载，也被读者所喜爱，我为自己欣慰，更为你欣慰，你是有前途的，不要就此截断你上进的路。大学在向你招手，你来吧，大学会训练你的思想，让你通过这条路而渐渐臻于成熟和完美。

素素读的是商职，这也是好的，我们家的人都不长于计算，你好好地读，倒也可以替大家出一口气。最近家中的杧果和橄榄都快熟了，你一向好吃零食，小心别又弄得胃痛了。你有一个特点，就是喜欢漂亮的衣服，其实这也不算坏事，正好可以补我不好打扮的短处，只是还应该把自己喜欢衣服的心推到别人身上去，像杜甫一样，以天下的寒士为念。再者，将来你不妨用自己的努力去换取你所心爱的东西，这样，正如我刚才所说的，你不但能享受"获得"的喜悦，还能享受"去获得"的喜悦。

圆圆，你正是十四岁，我很了解在这种年龄的孩子，这一段日子是最不好受的了，自己总弄不清楚该算成人还是小孩，不过，时间自会带你度过这个关口。你的英文和数学总不肯下功夫，这也是我的老毛病，如今我渐渐感到自己在这方面吃了不少的亏，你才初二，一切从头做起，并不为晚，许多人一生的资源，都是在你这种年龄的时候贮存的。我知道，你是可造之才，我期待着看到你成功，看到你初中毕业、高中毕业、大学毕业……你小时候，我的同学们每次看到你便喜欢叫你"小甜甜"，我希望你不仅让别人从你的微笑里领到一份甜蜜，更该让父母和一切关切你的人，从你的成功而得到更大的甜蜜。

至于满满，你才读小学四年级，我常为你早熟的思想担忧。五岁的时候，你画的人头已不逊于任何一位姐姐了，六岁的时候，居然能用注音字母拼着编出一本简单的故事，并且还附有插图呢！你常常恃才不好读书，而考试又每每名列前茅。其实，我并不欣赏你这种成功，我希望每一个人都尽自己的力，不管他的才分如何，上天并没有划定一批人，准许他们可以单凭才气而成功。你还有一个严重的缺点，就是好胜心太强，不管是吃的，是穿的，是用的，你从来不肯输给别人，往往为了一句话，竟可以负气忍一顿饿，记得我说你是"气包子"吗？实在和人争并不是一件好事，原来你在姐妹中可以算作最漂亮的一个，可是你自己那副恶煞的神气，把你的美全破坏了。渐渐的，你会明白，所谓美，不是尼龙小蓬裙所能撑起来的，也不是大眼睛和小嘴巴所能凑成的，美是一种说不出的品德，一种说不出的气质。也许现在你还不能体会，将来你终会领悟的。

　　弟弟，提起你，我不由得振奋了，虽说重男轻女的时代早已过去，但你是我们家唯一的男孩，无论如何，你有着更重要的位置。最近你长胖一点了吧？早几年我们曾打过好几次架，也许再过两年我便打不过你了。在家里，我爱每一个妹妹，但无疑的，我更期望你的成功。我属蛇，你也属蛇，我们整整差了一个生肖，我盼望一个弟弟，盼望了十二年，我又焉能不偏疼你？当然我的意思并不是说我要对你宽大一点，相反地，我要严严地管你，紧紧盯你，因为，你是唯一继承大统的，你只能成功，不能失败。

我们常爱问你长大后要做什么，你说要沿着一条街盖上几栋五层楼的百货公司，每个姐妹都分一栋，并且还要在阳台上搭一块板子，彼此沟通，大家便可以跳来跳去地玩。你想得真美，弟弟，我很高兴你是这样一个纯真可爱而又肯为别人着想的小男孩。

你也有缺点的，你太好哭了，缺乏一点男孩子气，或许是姐妹太多的缘故吧？梅姐曾答应你，只要你有一周不哭的纪录，便带你去钓鱼，你却从来办不到，不是太可惜吗？弟弟，我不是反对哭，英雄也是会落泪的，但为了丢失一个水壶而哭，却是毫无道理的啊！人生的路上荆棘多着呢，那些经历将把我们刺得遍体流血，如果你现在不能忍受这一点的不顺，将来你怎能接受人生更多的磨炼呢？

最后，小妹妹，和你说话真让我困扰，你太顽皮，太野，你真该和你哥哥调个位置的。记得我小时候，总是梳着光溜溜的辫子，坐在妈妈身边，听七个小矮人的故事，你却爱领着四邻的孩子一同玩泥沙，直弄得浑身上下像个小泥人儿，分不出哪是眉毛，哪是脸颊，才回来洗澡。我无法责备你，你总算有一个长处——你长大以后，一定比我活泼，比我勇敢，比我能干。将来的世代，也许必须你这种典型才能适应。

你还小，有很多话我无法让你了解，我只对你说一点，你要听父母和老师的话，听哥哥姐姐的话，其实，做一个听话者比一个施教者是幸福多了，我常期望仍能缩成一个小孩，像你那样，连早晨起来穿几件衣服也不由自己决定，可惜已经不可能了。

我写了这样多，朝阳已经照在我的信笺上了，你们大概都去上学了吧？对了，你们上学的路上，不也有一片稻田吗？你们一定会注意到那新稻的绿，你们会想起你们的姐姐吗？——那生活在另一处绿色天地中的姐姐。那么，我教你们，你们应该仰首对穹苍说："求天父保佑我们在远方的小姐姐，叫她走路时不会绊脚，睡觉时也不会着凉。"

现在，我且托绿衣人为我带去这封信，等傍晚你们放学回家，它便躺在你们的书桌上了。我希望你们不要抢，只要静静地坐成一个圈儿，由一个人读给大家听。读完之后，我盼望你们中间某个比较聪明的会站起来，望着庭中如盖的绿树，说：

"我知道，我知道小姐姐为什么写这封信给我们，你们看，春天来了，树又绿了，小姐姐要我们也像春天的绿树一样，不停地向上长进呢！"

当我在逆旅中，遥遥地从南来的熏风中辨出这句话，我便要掷下笔，满意地微笑了。

❀ 地毯的那一端

德：

从疾风中走回来，觉得自己像是被浮起来了。山上的草香得那样浓，让我想到，要不是有这样猛烈的风，恐怕空气都会给香得凝冻起来！

我昂首而行，黑暗中没有人能看见我的笑容。白色的菅芒在夜色中点染着凉意——这是深秋了，我们的日子在不知不觉中临近了。我遂觉得，我的心像一张新帆，其中每一个角落都被大风吹得那样饱满。

星斗清而亮，每一颗都低低地俯下头来。溪水流着，把灯影和星光都流乱了。我忽然感到一种幸福，那样混沌而又陶然的幸福。我从来没有这样亲切地感受到造物的宠爱——真的，我们这样平庸，我总觉得幸福应该给予比我们更好的人。

但这是真实的，第一张贺卡已经放在我的案上了。洒满了细碎精致的透明亮片，灯光下展示着一个闪烁而又真实的梦境。画上的金钟摇荡，遥遥地传来美丽的回响。我仿佛能听见那悠扬的音韵，我仿佛能嗅到那沁人的玫瑰花香！而尤其让我神往的，是那几行可爱的祝词："愿婚礼的记忆存至永远，愿你们的情爱与日俱增。"

是的，德，永远在增进，永远在更新，永远没有一个边和底——六年了，我们护守着这份情谊，使它依然焕发，依然鲜洁，正如别人所说的，我们是幸运的。每次回顾我们的交往，我就仿佛走进博物馆的长廊。其间每一处景物都意味着一段美丽的回忆。每一件东西都牵扯着一个动人的故事。

那样久远的事了。刚认识你的那年才十七岁，一个多么容易错误的年纪！但是，我知道，我没有错。我生命中再没有一件决定比这项更正确了。前天，大伙儿一起吃饭，你笑着说："我这个笨人，我这辈子只做了一件聪明的事。"你没有再说下去，妹妹却拍手起来，说："我知道了！"啊，德，我能够快乐地说，我也知道。因为你做的那件聪明事，我也做了。

那时候，大学生活刚刚展开在我面前。台北的寒风让我每日思念南部的家。在那小小的阁楼里，我呵着手写蜡纸。在草木摇落的道路上，我独自骑车去上学。生活是那样黯淡，心情是那样沉重。在我的日记上有这样一句话："我担心，我会冻死在这小楼上。"而这时候，你来了。你那种毫无企冀的友谊四面环护着我，让我的心触及最温柔的阳光。

我没有兄长，从小我也没有和男孩子同学过。但和你交往却是那样自然，和你谈话又是那样舒服。有时候，我想，如果我是男孩子多么好呢！我们可以一起去爬山，去泛舟。让小船在湖里随意飘荡，任意停泊，没有人会感到惊奇。好几年以后，我将这些想法告诉你，你微笑地注视着我："那，我可不愿意，如果你真想做男孩子，我就做女孩。"

而今，德，我没有变成男孩子，但我们可以去遨游，去做山和湖的梦。因为，我们将有更亲密的关系了。啊，想象中终生相爱相随是多么美好！

那时候，我们穿着学校规定的卡其服。我新烫的头发又总是被风刮得乱蓬蓬的。想起来，我总不明白你为什么那样喜欢接近我。那年大考的时候，我蜷曲在沙发里念书。你跑来，热心地为我讲解英文文法。好心的房东为我们送来一盘春卷，我慌乱极了，竟吃得洒了一裙子。你瞅着我说："你真像我妹妹，她和你一样大。"我窘得不知如何是好，只是一径低着头，假作抖那长长的裙幅。

那些日子真是冷极了。每逢没有课的下午我总是留在小楼上。弹弹风琴，把一本拜尔琴谱都快翻烂了。有一天你对我说："我常在楼下听你弹琴。你好像常弹那首《甜蜜的家庭》。怎么？在想家吗？"我很感激你的窃听，唯有你了解、关切我凄楚的心情。德，那个时候，当你独自听着的时候，你想些什么呢？你想到有一天我们会组织一个家庭吗？你想到我们要用一生的时间以心灵的手指合奏这首歌吗?

寒假过后,你把那叠泰戈尔诗集还给我。你指着其中一行请我看:"如果你不能爱我,就请原谅我的痛苦吧!"我于是知道发生什么事了。我不希望这件事发生,我真的不希望。并非由于我厌恶你,而是因为我太珍重这份素净的友谊,反倒不希望有爱情去加深它的色彩。

但我却乐于和你继续交往。你总是给我一种安全稳妥的感觉。从头起,我就付给你我全部的信任,只是,当时我心中总向往着那种传奇式的、惊心动魄的恋爱。并且喜欢那么一点点的悲剧气氛。为着这些可笑的理由,我耽延着没有接受你的奉献。我奇怪你为什么仍作那样固执的等待。

你那些小小的关怀常令我感动。那年圣诞节你把得来不易的几颗巧克力糖,全部拿来给我了。我爱吃笋豆里的笋子,唯有你注意到,并且耐心地为我挑出来。我常常不晓得照料自己,唯有你想到用自己的外衣披在我身上。(我至今不能忘记那衣服的温暖,它在我心中象征了许多意义)是你,敦促我读书。是你，容忍我偶发的气性。是你，仔细纠正我写作的错误。是你，教导我为人的道理。如果说，我像你的妹妹，那是因为你太像我大哥的缘故。

后来，我们一起得到学校的工读金。分配给我们的是打扫教室的工作。每次你总强迫我放下扫帚，我便只好遥遥地站在教室的末端，看你奋力工作。在炎热的夏季里，你的汗水滴落在地上。我无言地站着，等你扫好了，我就去掸掸桌椅，并且帮你把它们排齐。每次，当我们目光偶然相遇的时候，总感到那样兴奋，我们是这样地彼此了解，我们合作的时候总是那样完美。我注意到你手上的硬茧，它们把那虚幻的字眼十分具体地说明了。我们就在那飞扬的尘影中完成了大学课程——我们的经济从来没有富裕过；我们的日子却从来没有贫乏过。我们活在梦里，活在诗里，活在无穷无尽的彩色希望里。记得有一次我提到玛格丽特公主在她婚礼中说的一句话："世界上从来没有两个人像我们这样快乐过。"你毫不在意地说："那是因为他们不认识我们的缘故。"我喜欢你的自豪，因为我也如此自豪着。

我们终于毕业了，你在掌声中走到台上，代表全系领取毕业证书。我的掌声也夹在众人之中，但我知道你听到了。在那美好的六月清晨，我的眼中噙着欣喜的泪。我感到那样骄傲，我第一次分沾你的成功，你的光荣。

"我在台上偷眼看你，"你把系着彩带的纸卷交给我，"要不是中国风俗如此，我一走下台来就要把它送到你面前去的。"

我接过它，心里垂着沉甸甸的喜悦。你站在我面前，高昂而谦和，刚毅而温柔。我忽然发现，我关心你的成功，远远超过我自己的。

那一年，你在军中。在那样忙碌的生活中，在那样辛苦的演习里，你却那样努力地准备研究所的考试。我知道，你是为谁而作的。在凄长的分别岁月里，我开始了解，存在于我们中间的是怎样一种感情。你来看我，把南部的冬阳全带来了。那厚呢的陆战队军服重新唤起我童年时期对于号角和战马的梦。我一直没有告诉你，当时你临别敬礼的镜头烙在我心上有多深。

我帮着你搜集资料，把抄来的范文一篇篇断句、注释。我那样竭力地做，怀着无上的骄傲。这件事对我而言有太大的意义。这是第一次，我和你共赴一件事。所以当你把录取通知转寄给我的时候，我竟忍不住哭了。德，没有人经历过我们的奋斗，没有人像我们这样相期相勉，没有人像我们这样多年来在冬夜图书馆的寒灯下彼此伴读。因此，也就没有人了解成功带给我们的兴奋。

我们又可以见面了，能见到真真实实的你是多么幸福。我们又可以去作长长的散步，又可以蹲在旧书摊上享受一个闲散黄昏。我永不能忘记那次去泛舟。回程的时候，忽然起了大风。小船在湖里直打转，你奋力摇橹，累得一身都汗湿了。

"我们的道路也许就是这样吧！"我望着平静而险恶的湖面说，"也许我使你的负担更重了。"

"我不在意，我高兴去搏斗！"你说得那样急切，使我不敢正视你的目光，"只要你肯在我的船上，晓风，你是我最甜蜜的负荷。"

那天我们的船顺利地拢了岸。德，我忘了告诉你，我愿意留在你的船上，我乐于把舵手的位置给你。没有人能给我像你给我的安全感。

只是，人海茫茫，哪里是我们共济的小舟呢？这两年来，为着成家的计划，我们劳累到几乎虐待自己的地步。每次，你快乐的笑容总鼓励着我。

那天晚上你送我回宿舍，当我们迈上那斜斜的山坡，你忽然驻足说："我在地毯的那一端等你！我等着你，晓风，直到你对我完全满意。"

我抬起头来，长长的道路伸延着，如同圣坛前柔软的红毯。我迟疑了一下，便踏向前去。

现在回想起来，已不记得当时是否是个月夜了，只觉得你诚挚的言词闪烁着，在我心中亮起一天星月的清辉。

"就快了！"那以后你常乐观地对我说，"我们马上就可以有一个小小的家。你是那屋子的主人，你喜欢吧？"

我喜欢的，德，我喜欢一间小小的陋屋。到天黑时分我便去拉上长长的落地窗帘，捻亮柔和的灯光，一同享受简单的晚餐。但是，哪里是我们的家呢？哪儿是我们自己的宅院呢？

你借来一辆半旧的脚踏车，四处去打听出租的房子，每次你疲惫不堪地回来，我就感到一种痛楚。

"没有合意的，"你失望地说，"而且太贵，明天我再去看。"

我没有想到有那么多困难，我从不知道成家有那么多琐碎的事，但至终我们总算找到一栋小小的屋子了。有着窄窄的前庭，以及矮矮的榕树。朋友笑它小得像个巢，但我已经十分满意了。无论如何，我们有了可以憩息的地方。当你把钥匙交给我的时候，那重量使我的手臂几乎为之下沉。它让我想起一首可爱的英文诗："我是一个持家者吗？哦，是的。但不止，我还得持护着一颗心。"我知道，你交给我的钥匙也不止此数。你心灵中的每一个空间我都持有一枚钥匙，我都有权径行出入。

亚寄来一卷录音带，隔着半个地球，他的祝福依然厚厚地绕着我。那样多好心的朋友来帮我们整理。擦窗子的，补纸门的，扫地的，挂画儿的，插花瓶的，拥拥熙熙地挤满了一屋子。我老觉得我们的小屋快要炸了，快要被澎湃的爱情和友谊撑破了。你觉得吗？他们全都兴奋着，我怎能不兴奋呢？我们将有一个出色的婚礼，一定的。

这些日子我总是累着。去试礼服，去订鲜花，去买首饰，去选窗帘的颜色。我的心像一座喷泉，在阳光下涌溢着七彩的水珠。各种奇特复杂的情绪使我眩昏。有时候我也分不清自己是在快乐还是在茫然，是在忧愁还是在兴奋。我眷恋着旧日的生活，它们是那样可爱。我将不再住在宿舍里，享受阳台上的落日。我将不再偎在母亲的身旁，听她长夜话家常。而前面的日子又是怎样的呢？德，我忽然觉得自己好像要被送到另一个境域里去了。那里的道路是我未走过的，那里的生活是我过不惯的，我怎能不惴惴然呢？如果说有什么可以安慰我的，那就是：我知道你必定和我一同前去。

冬天就来了，我们的婚礼在即。我喜欢选择这季节，好和你厮守一个长长的严冬。我们屋角里不是放着一个小火炉吗？当寒流来时，我愿其中常闪耀着炭火的红光。我喜欢我们的日子从黯淡凛冽的季节开始，这样，明年的春花才对我们具有更美的意义。

我即将走入礼堂，德，当结婚进行曲奏响的时候，父亲将挽着我，送我走到坛前，我的步履将凌过如梦如幻的花香。那时，你将以怎样的微笑迎接我呢？

我们已有过长长的等待，现在只剩下最后的一段了。等待是美的，正如奋斗是美的一样，而今，铺满花瓣的红毯伸向两端，美丽的希冀盘旋而飞舞。我将去即你，和你同去采撷无穷的幸福。当金钟轻摇，蜡炬燃起，我乐于走过众人去立下永恒的誓愿。因为，哦，德，因为我知道，是谁，在地毯的那一端等我。

到山中去 🌸

德：

从山里回来已经两天了，但不知怎的，总觉得满身仍有拂不掉的山之气息。行坐之间，恍惚以为自己就是山上的一块石头，溪边的一棵树。见到人，再也想不起什么客套辞令，只是痴痴傻傻地重复着一句话："你到山里头去过吗？"

那天你不能去，真是很可惜的。你那么忙，我向来不敢用不急之务打扰你。但这次我忍不住要写信给你。德，人不到山里去，不到水里去，那真是活得冤枉。

说起来也够惭愧了。在外双溪住了五年多，从来就不知道内双溪是什么样子。春天里每沿着公路走个半钟点，看到山径曲折，野花漫开，就自以为到了内双溪。直到前些天，有朋友到那边漫游归来，我才知道原来山的那边还有山。

平常因为学校在山脚下，宿舍在山腰上，推开窗子，满眼都是起伏的青峦，衬着窗框，俨然就是一卷横幅山水，所以逢到朋友们邀我出游，我总是推辞。有时还爱和人抬杠道："何必呢？余胸中自有丘壑。"而这次，我是太累了，太倦了，也太厌了，一种说不出的情绪鼓动着我，告诉我在山那边有一种神秘的力量，我于是换了一身绿色轻装，登上一双绿色软鞋，掷开终年不离手的红笔，跨上一辆跑车，和朋友们相偕而去。——我一向喜欢绿色，你是知道的，但那天特别喜欢，似乎是觉得那颜色让我更接近自然，更融入自然。

德，人间有许多真理，实在是讲不清的。譬如说吧，山山都有石头，都有树木，都有溪流。但，它们是不同的，就像我们人和人不同一样。这些年来，在山这边住了这么久，每天看朝云，看晚霞，看晴阴变化，自以为很了解山了，及至到了山那边，才发现那又是另一种气象，另一种意境。其实，严格地说，常被人践踏观赏的山已经算不得什么山了。如果不幸成为名山，被那些无聊的人盖了些亭阁楼台，题了些诗文字画，甚至起了观光旅社，那不但不成其为山，也不能成其为地了。德，你懂我了吗？内双溪一切的优美，全在那一片未凿的天真，让你想到，它现在的形貌和伊甸园时代是完全一样的。我真愿作那样一座山，那样沉郁，那样古朴，那样深邃。德，你愿意吗？

我真希望你看到我，碰见我的人都说我那天快活极了，我怎能不快活呢？我想起前些年，戴唱给我们听的一首英文歌，那歌词说："我的父亲极其富有，全世界在他权下，我是他的孩子——我掌管平原山野。"德，这真是最快乐的事了——我统管一切的美。德，我真说不出，真说不出。我几乎感觉痛苦了——我无法表达我所感受的。我们照了好些相片，以后我会拿给你看，你就可以明白了。唉，其实照片又何尝照得出所以然来，暗箱里容得下风声水响吗？镜头中摄得出草气花香吗？爱默生说，大自然是一件从来没有被描写过的事物。可是，那又怎能算是人们的过失？用人的思想去比配上帝的思想，用人工去模拟天工，那岂不是近乎荒谬的吗？

这些日子，应该已是初冬了，那宁静温和的早晨，淡淡地像溶液般四面包围着我们的阳光，只让人想到最柔美的春天。我们的车沿着山路而上，洪水在我们的右方奔腾着，森然的乱石垒叠着。我从来没有见过这样急湍的流水和这样巨大的石块。而芒草又一大片一大片地杂生在小径旁。人行到此，只见渊中的水声澎湃，雪白的浪花绽开在黑色的岩石上。那种苍凉的古意四面袭来，心中便无缘无故地伤乱起来。回头看游伴，他们也都怔住了。我真了解什么叫"摄人心魄"了。

"是不是人类看到这种景致，"我悄声问茅，"就会想到自杀呢？"

"是吧，可是不叫自杀——我也说不出来。有一年，我站在长城上，四野苍茫，心头就不知怎的乱撞起来，那时只有一个想法，就是跳下去。"

我无语痴立，一种无形的悲凉在胸臆间上下摇晃。漫野芒草凄然地白着，水声低昂而怆绝，而山溪却依然急窜着。啊，逝者如斯，如斯逝者，为什么它不能稍一回顾呢？

　　扶车再行，两侧全是壁立的山峰，那样秀拔的气象似乎只能在前人的山水画中一见。远远地有人在山上敲着石块，那单调无变化的金石声传来，令我怵然以惊。有人告诉我，他们是要开一段梯田。我望着那些人，他们究竟知不知道外面的世界呢？当我们快被紧张和忙碌扼死的时候，当宽坦的街市上树立着被速度造成的伤亡牌，为什么他们独有那样悠闲的岁月，用最原始的凿子，在无人的山间，敲打出迟缓的时钟？他们似乎也望了望这边，那么，究竟是他们羡慕我们，还是我们羡慕他们呢？

　　峰回路转，坡度更陡了，推车而上，十分吃力，行到水源地，把车子寄放在一家人门前，继续前行。阳光更浓了，山景益发清晰，一切气味也都被蒸发出来。稻香扑人，真有点醺然欲醉的味道。这时候，只恨自己未能着一身宽袍，好兜两袖素馨回去。路旁更有许多叫得出来和叫不出来的野花，也都晒干了一身的露水，抬起头来了，在别人看得见和看不见的山径上挥散着它们的美。

渐渐的，我们更接近终点，我向几个在禾场上游戏的孩子问路，立刻有一个浓眉大眼的男孩挺身而出。我想问他瀑布在什么地方，却又不知道台湾话要怎么表达。那孩子用狡黠的眼光望了望我："水墙，是吗？我带你去。"啊，德，好美的名词，水墙。我把这名词翻译出来，大家都赞叹了一遍。那孩子在前面走着，我们很困难地跟着他跑，又跟着他步过小河。他停下来，望望我们，一面指着路边的野花蓓蕾对我们说："还没开，要是开了，你真不知有多漂亮。"我点头承认——我相信，山中一切的美都超过想象。德，你信吗？我又和那孩子谈了几句话，知道他已是小学五年级了。"你毕业后要升初中吗？"他回过头来，把正在嚼着的草根往路旁一扔，大眼中流露出一种不屑的神情："不!"德，你真不知道，当时我有多羞愧。只自觉以往所看的一切书本、一切笔记、一切讲义，都在他的那声"不"中被否认了。德，我们读书干什么呢？究竟干什么呢？我们多少时候连生活是什么都忘了呢！

我们终于到了"水墙"了。德，那一霎真是想哭，那种兴奋，是我没有经历过的。人真该到田园中去，因为我们的老祖宗原是从那里被放逐的！啊，德，如果你看到那样宽、那样长、那样壮观的瀑布，你真是什么也不想了，我那天就是那样站着，只觉得要大声唱几句，震撼一下那已经震撼了我的山谷。我想起一首我们都极喜欢的黑人歌："我的财产放置在一个地方，一个地方，远远地在青天之上。"德，真的，直到那天我才忽然憬悟到，我有那样多的美好的产业。像清风明月，像山松野草。我要把它们寄放在溪谷内，我要把它们珍藏在云层上，我要把它们怀抱在深心中。

德，即使当时你胸中折叠着一千丈的愁烦，及至你站在瀑布面前，也会一泻而尽了。甚至你会觉得惊奇，何以你常常会被一句话骚扰，何以常常因一个眼色而气愤。德，这一切都是多余的，都是不必要的。你会感到压在你肩上的重担卸下去了，蒙在你眼睛上的鳞片也脱落了。那时候，如果还有什么欲望的话，只是想把水面的落叶聚拢来，编成一个小筏子，让自己躺在上面，浮槎放海而去。

那时候，德，你真不知我们变得有多疯狂。我和达赤着足在石块与石块之间跳跃着。偶尔苔滑，跌在水里，把裙边全弄湿了，那真叫淋漓尽兴呢！山风把我们的头发梳成一种脱俗的型式，我们不禁相望大笑。哎，德，那种快乐真是说不出来——如果说得出来也没有人肯信。

瀑布很急，其色如霜。人立在丈外，仍能感觉到细细的水珠不断溅来。我们捡了些树枝，燃起一堆火，就在上头烤起肉来。又接了一锅飞泉来烹茶。在那阴湿的山谷中，我们享受着原始人的乐趣。火光照着我们因兴奋而发红的脸，照着焦黄喷香的烤肉，照着吱吱作响的清茗。德，那时候，你会觉得连你的心也是热的、亮的、跳跃的。

我们沿着原路回来，山中那样容易黑，我们只得摸索而行了，冷冷的急流在我们足下响着，真有几分惊险呢！我忽然想起"世道艰难，有甚于此者"。自己也不晓得这句话是从书本上看来的，还是平日的感触。唉，德，为什么我们不生作樵夫渔父呢？为什么我们都只能作暂游的武陵人呢？

寻到大路，已是繁星满天了，稀疏的灯光几乎和远星不辨。行囊很轻，吃的已经吃下去了，而带去看的书报也在匆忙中拿去做了火引子。事后想想，也觉好笑，这岂是斯文人做的事吗？但是，德，这恐怕也是一定的，人总要疯狂一下、荒唐一下、矫时干俗一下，是不是呢？路上，达一直哼着《苏三起解》，茅喊他的秦腔，而我，依然唱着那首黑人名歌："我的财产放置在一个地方，一个地方，远远地在青天之上……"

找到寄车处，主人留我们喝一杯茶。

"住在这里怎样买菜呢？"我问他们。

"不用买，我们自己种了一畦。"

"肉呢？"

"这附近有几家人，每天由出租车带上一大块也就够了。"

"不常下山玩吧?"

"很少,住在这里,亲戚都疏远了。"

不管怎样,德,我羡慕着那样一种生活,我们人是泥作的,不是吗?我们的脚总不能永远踏在柏油路上、水泥道上和磨石子地上——我们得踏在真真实实的土壤上。

山岚照人,风声如涛。我们只得告辞了。顺路而下,不费一点脚力,车子便滑行起来。所谓列子御风,大概也只是这样一种意境吧?

那天,我真是极困乏而又极有精神,极混沌而又极能深思。你能想象我那夜的晚祷吗?德,从大自然中归来,要坚持无神论是难的。我说:"父啊,让我知道,你充满万有。让我知道,你在山中,你在水中,你在风中,你在云中。容许我的心在每一个角落向你下拜。当我年轻的时候,教我探索你的美。当我年老的时候,教我咀嚼你的美。终我一生,教我常常举目望山,好让我在困厄之中,时时支取到从你而来的力量。"

德,你愿意附和我吗?今天又是个晴天呢!风声在云外呼唤着，远山也在送青了。德，拨开你一桌的资料卡，拭净你尘封的眼镜片，让我们到山中去。

Chapter6
种种可爱

西谚说，把幸运的人丢到河里，他都能口衔宝物而归。

我大概也是幸运的人，生活在这座城里，虽也有种种倒霉事，但奇怪的是，我记得住的而且在心中把玩不已的全是这些可爱的片断！这些从生活的渊泽里捞起来的种种不尽的可爱。

细细的潮音 🌸

　　每到月盈之夜，我恍惚总能看见一幢筑在悬崖上的小木屋，正启开它的每一扇窗户，谛听远远近近的潮音。

　　而我们的心呢？似乎已经习惯于一个无声的世代了。只是，当满月的清辉投在水面上，细细的潮音便来撼动我们沉寂已久的心，我们的胸臆间遂又鼓荡着激昂的风声水响！

　　那是个夏天的中午，太阳晒得每一块石头都能烫人。我一个人撑着伞站在路旁等车，空气凝成一团不动的热气。而渐渐的，一个拉车的人从路的尽头走过来了。我从来没有看过走得这样慢的人。满车的重负使他的腰弯到几乎头脸要着地的程度。当他从我面前经过的时候，我忽然发现有一滴像大雨点似的汗，从他的额际落在地上，然后，又是第二滴。我的心刹那间给抽得很紧，在没有看到那滴汗以前，我是同情他，及至发现了那滴汗，我立刻敬服他了—— 一个用筋肉和汗水灌溉着大地的人。好几年了，一想起来总觉得心情激动，总好像还能听到那滴汗水掷落在地上的巨响。

一个雪晴的早晨，我们站在合欢山的顶上，弯弯的涧水全被积雪淤住。忽然，觉得故国的冬天又回来了。一个台籍战士兴奋地跑了过来。

"前两天雪下得好深啊！有一公尺呢！我们走一步就铲一步雪。"

我俯身拾了一团雪，在那一盈握的莹白中，无数的往事闪烁，像雪粒中不定的阳光。

"我们在堆雪人呢，"那战士继续说，"还可以用来打雪仗呢！"

我望着他，却说不出一句话，也许只在一个地方看见一次雪景的人是比较有福的。只是在万里外的客途中重见儿时的雪，却是一件悲惨的故事。我抬起头来，千峰壁立，松树在雪中固执地绿着。

到达麻风病院的那个黄昏已经是非常疲倦了。走上石梯，简单的教堂便在夕晖中独立着。长廊上有几个年老的病人并坐，看见我们一起都站了起来，久病的脸上闪亮着诚恳的笑容。

"平安。"他们的声音在平静中显出一种欢愉的特质。

"平安。"我们哽咽地回答，从来没有想到这样简单的字能有这样深刻的意义。

那是一个不能忘记的经验，本来是想去安慰人的，怎么也想不到反而被人安慰了。一群在疾病中和鄙视中喘延的人，一群无辜的不幸者，居然靠着信仰能笑出那样勇敢的笑容。至于夕阳中那安静、虔诚而又完全饶恕的目光，对我们健康人的社会又是怎样一种责难啊！

还有一次，午夜醒来，后庭的月光正在涨潮，满园的林木都淹没在发亮的波澜里。我惊讶地坐起，完全不能置信地望着越来越浓的月光，一时不知道自己究竟是在快乐，还是在忧愁。只觉得身如小舟，悠然浮起，浮向似乎很近又似乎很远的青天。而微风里橄榄树细小的白花正飘着，落着，通往后院的阶石在月光下被落花堆积得有如玉砌一般。我忍不住欢喜起来，活着真是一种极大的幸福——这样晶莹的夜，这样透明的月光，这样温柔的、落着花的树……

生平读书，最让我感慨的莫过于廉颇的遭遇。在那样不被见用的老年，他有着多少凄怆的低徊。昔日赵国的大将，今日已是伏枥的老骥了。当使者来的时候，他为之"一饭斗米，肉十斤，披甲上马，以示尚可用"的苦心是怎样的悲哀。而终于还是受了谗言不能擢用，那悲哀就更深沉了。及至被楚国迎去了，黯淡的心情使他再没有立功的机运。终其后半生，只说了一句令人心酸的话："我思用赵人。"

想想，在异国，在别人的宫廷里，在勾起舌头说另外一种语言的土地上，他过的是一种怎样落寞的日子啊！名将自古也许是真的不许见白头吧！当他叹道"我想用我用惯的赵人"的时候，又意味着一个怎样古老、苍凉的故事！而当太史公记载这故事、我们在两千年后读这故事的时候，多少类似的剧本又在上演呢？

又有一次读韦庄的一首词，也为之激动了好几天。所谓"温柔敦厚"应该就是这种境界吧？那首词是写一个在暮春的小楼上独立凝望的女子，当她伤心不见远人的时候，只含蓄地说了一句话："千山万水不曾行，魂梦欲教何处觅。"不恨行人的忘归，只恨自己不曾行过千山万水，以致魂梦无从追随。那种如泣如诉的真情，那种不怨不艾的柔怀，给人极其凄惋低迷的感受。那是一则怎样古典的爱情啊！

还有一出昆曲《思凡》，也令我震撼不已。我一直想找出它的作者，曾经请教了我非常敬服的一位老师，他也只说："词是极好的词，作者却找不出来了，猜想起来大概是民间的东西。"我完全同意他的见解，这样拔山倒海的气势，斩铁截钉的意志，不是正统文人写得出来的。

　　当小尼赵色空立在无人的回廊上，两旁列着威严的罗汉，她却勇敢地唱着："他与咱，咱与他，两下里多牵挂，冤家，怎能够成就了姻缘，就死在阎王殿前，由他把那碓来舂，锯来解，磨来挨，放在油锅里去炸。啊呀，由他。只见活人受罪，哪曾见死鬼戴枷。啊呀，由他，火烧眉毛且顾眼下。"接着她一口气唱着，"哪里有天下园林树木佛，哪里有枝枝叶叶光明佛，哪里有江湖两岸流沙佛，哪里有八万四千弥陀佛。从今去把钟楼佛殿远离却，下山去寻一个年少哥哥，凭他打我、骂我、说我、笑我，一心不愿成佛，不念弥陀般若波罗。但愿生下一个小孩儿，却不道是快活煞了我。"

　　每听到这一段，我总觉得心血翻腾，久久不能平伏。几百年来,人们一直以为这是一个小尼姑思凡的故事,何尝想到这实在是极强烈的人文思想。那种人性的觉醒,那种向传统唾弃的勇气;那种不顾全世界鄙视而要开拓一个新世纪的意图,又岂是满园嗑瓜子的脸所能了解的?

一个残冬的早晨,车子在冷风中前行,收割后空旷的禾场蔓延着,冷冷清清的阳光无力照耀着。我木然而坐,翻看一本没有什么趣味的书,忽然,在低低的田野里,一片缤纷的世界跳跃而出。"那是什么?"我惊讶地问着自己,及至看清楚是一大片杂色的杜鹃,却禁不住地笑了起来。这种花原来是常常看到的,春天的校园里几乎没有一个石隙不被它占去的呢!在瑟缩的寒流季里,乍然相见的那份喜悦,却完全是另外一种境界了。甚至在初见那一片灿烂的彩色时,直觉里只感觉到一种单纯的喜悦,还以为那是一把随手散开来的梦,被遗落在田间的呢!到底它是花呢?是梦呢?还是虹霓坠下时碎成的片段呢?或者,什么也不是,只是佛家所说偶然幻化的留影呢?

博物馆里的黄色帷幕垂着，依稀地在提示着古老的帝王之色。陈列柜里的古物安静地深睡了，完全无视于落地窗外年轻的山峦。我轻轻地走过每件千年以上的古物，我的影子映在打蜡的地板上，旋又消失。而那些细腻朴拙的瓷器、气象恢宏的画轴、纸色半枯的刻本、温润无瑕的玉器，以及微现绿色的钟鼎，却凝然不动地闪着冷冷的光。隔着无情的玻璃，看这个幼稚的世纪。

望着那犹带中原泥土的故物，我的血忽然澎湃起来。走过历史，走过辉煌的传统，我发觉我竟这样爱着自己的民族、自己的文化。那时候，莫名地想哭，仿佛一个贫穷的孩子，忽然在荒废的后园里发现了祖先留下来充满宝物的坛子，上面写着"子孙万世，永宝勿替"。那时，才忽然知道自己是这样富有——而博物院肃穆着，如同深沉的庙堂，使人有一种下拜的冲动。

在一本书上，我看到史怀哲博士的照片。他穿着极简单的衣服，抱膝坐在一块大石头上。背景是一片广漠无物的非洲土地，益发显出他的孤单。照画面的光线看来，那似乎是一个黄昏。他的眼睛在黯淡的日影中不容易看出是什么表情，只觉得他好像是在默想。我不能确实说出那张脸表现了一些什么，只知道那多筋的手臂和多纹的脸孔像大浪般，深深地冲击着我。或许他是在思念欧洲吧？大教堂里风琴的回响，歌剧院里的紫色帷幕也许仍模糊地浮在他的梦里。这时候，也许是该和海伦在玫瑰园里喝下午茶的时候，是该和贵妇们谈济慈和尼采的时候。然而，他却在非洲，住在一群悲哀的、黑色的、病态的人群中，在赤道的阳光下，在低矮的窝棚里，他孤孤单单地爱着。

我骄傲，毕竟在当代三十二亿张脸孔中，有这样一张脸！那深沉、瘦削、疲倦、孤独而热切的脸，这或许是我们这贫穷的世纪中唯一的产业。

当这些事，像午夜的潮音来拍打岸石的时候，我的心便激动着。如果我们的血液从来没有流得更快一点，我们的眼睛从来没有燃得更亮一点，我们的灵魂从来没有升华得更高一点，日子将变得怎样灰暗而苍老啊！

　　不是常常有许多小小的事来叩打我们心灵的木屋吗？可是为什么我们老是听不见呢？我们是否已经世故得不能被感动了？让我们启开每一扇窗门，去谛听这细细的潮音，让我们久暗的心重新激起风声水响！

具 ✿

坐朋友的车过南方小镇，因为街道窄，两侧市招竟逼到车上来，仿佛一册强迫你读的书。

"寝具。"我念，像一个刚识字的小孩，炫耀自己认字的本领。

车子倏然而过。

"佛具，喂，这里卖佛具哩！"

朋友因为一心赶路，不理我。

"厨具——咦？怎么都是些'具'？"

"文具。"我依然独白，但已习惯。

"家具，我早就知道还有家具。"

然后，我依次看到卖农具和卖茶具的。车子快走出小镇的时候，我十分惊动悲伤：

"寿具——我怎么忘了还有这个!"

这样一条小街,五分钟就可以驰竟的,却如此无所不容:从初生婴儿的一条粉红色小包被,到垂死老人的一只乌沉的棺木(像独木舟,但要航去哪里呢?),从低垂的新婚罗帐到冷冷的木鱼清磬,从柴米油盐的落实,到茶烟缭绕的凌虚,其中还有桌椅橱柜的井然定位、纸笔水彩的飞驰腾跃,以及犁耙耒耜间对大地无穷的索求、信任、劳役和梦想……

仅仅一条街,仅仅从路头到路尾,仅仅是语词上的几个"具"(连人死了,也不免成为一"具"尸身啊!)。生命居然可以用如此简易的方法来解析的。

那一天,在余程上,我变得十分安静。

前　身
——题梁正居的摄影

有一个故事是这样的：

少年的李源和老人圆观是一对忘年友。有一天，在荆江江头，他们看到一个妇人，着一件锦裤，抱着个罂子，在江畔汲水。悬崖一片削青，汀水万丈莹澈，那妇人把满眼的山青水碧往罂子里一舀，便负罂而去，一瞬间仿佛所有的美景都被她一拔而尽。奇怪的是山不减青，水不减绿，那妇人转眼消失。

圆观转首对李源说：

"看到吗？我就将托身于这个妇人。十二年后，我在杭州天竺寺外等你。"

李源不敢置信地望着圆观，只见他平静的眼里有一丝温柔敬畏的泪光。李源知道那老人在那年轻女子身上看到了自己的母亲。

当夜圆观死了。

十二年后，李源前去赴约。

他看到了一个牧童，骑在牛背上，那孩子依稀有旧日江畔妇人的眼神，依稀有圆观当年的清简舒放。但是，他是谁？谁是他？是圆观吗？是任何一个"彼亦人子"的孩子？

牧童走过李源，以既熟悉又陌生的眼光打量着他，口里唱着竹枝词：

三生石上旧精魂

赏月吟风不要论

惭愧情人远相访

此身虽异性长存

然后，飘然远去。

我不能相信佛家的三生之说，我不能接受投胎和转世的理论，但我有我自己的前身观。

白居易赠张处士山人的诗中说：

世说三生如不谬，共疑巢许是前身。

对白居易而言，他在巢父许由的身上看到
自己。

当我们读一切历史，一切故事，一切诗歌的时
候，我们血脉贲张，我们扼腕振臂，我们凄然泪
下，我们或哂或笑，或歌或哭，当此之际，我们所
看到的岂是别人的故事，我们所看到的是我们自
己。也许你会笑我们痴，但是，我们所看到的确确
是我们自己，一部分的自己。

我们是等待知音者驻足听琴的俞伯牙。

我们是渴望回到旧日茅舍去的陶渊明。

我们是辙环天下踯躅津口困于陈蔡的孔丘。

我们是登高望远，赋"前不见古人，后不见来
者，念天地之悠悠，独怆然而涕下"的陈子昂。

我们是赍志以殁的诸葛武侯。

我们是为情缠绵，长镇雷峰塔下的白素贞。

我们是志得意满，衣锦还乡，却忽然意识到生命是如此凄凉而"唱大风歌，泣数行下"的汉高祖。

我们是众人笑叱声中破盔疲马走天涯的唐·吉诃德。

我们是海明威笔下，墨西哥湾流中，那个出海三日，筋脱皮绽却只拖回一副比渔船还长的大鱼骨架而回航的老渔夫……

我们在一切往者身上看到自己。我们仿佛活了千千万万遍，我们仿佛经历了累世累劫。

那一切的人，是我们的前身。

但是，更多的时候，我在活着的人或物的身上看到我的前身。

当我走到山坳野洼，蓦然看到一妇人在路旁掘笋，我想哭，我觉得她是我自己。

我在车窗中偶然一瞥，田埂上有一朵成色十足的小金菊，我仿佛看到我自己。

竹篁里那座暗红色的小砖房，难道不是我的家吗？那晒着咸菜的大院落，不是我幼小时嬉戏的地方吗？

我要怎样说服你才能相信，那在山径上走来，在山上住了十几年居然没下山的老退役兵就是我，我曾在梦里重回那苹果园一百遍，但现在，他在那里，他替我活着。

我也是那溪涧中漠然的大石头，我走下水去，躺在石上，用石头的眼光仰观苍天俯视流水，我数着石头的脉息，我知道，我曾是它。

但是，更多更多的时候，我在孩子们的身上看到我的前身。

那个蹲在沟圳旁边抓鱼的小男孩，岂不就是我自己吗？

那个把一件裙子穿得揉七皱八不甘不愿走进学校大门的小女孩岂不就是我吗？

那个不肯走大路，偏偏东一个小巷，西一个小弄地去探险，并且紧跟着一个卖红色糖壳水果串的贩子，一路走一路咽口水的小家伙如果不是我还会是谁呢？

还有，那个喜欢和女伴分享一项秘密（而所谓秘密只不过是在某个墙角有着一丛极漂亮的凤尾蕨）的女孩，怎能不令我乍疑乍悲，觉得她就是我？

那挨了打在哭的孩子是我。

那托腮长坐，心里盘算着怎样打点一个小布包，脱离家庭去环游世界的小人儿是我。

那一边走，一边发愣地读着"阿里巴巴与四十大盗"的小鬼是我。

那把镍币捏在手里，又想买支仔冰，又想回家去乖乖地丢在存钱筒里的孩子是我。

我在一切今人古人和孩子以及万物中看到我自己，我的前身。

或者，有一天，也有人在我身上看到他自己吧！

🌸 种种可爱

作为一个小市民有种种令人生气的事——但幸亏还有种种可爱，让人忍不住的高兴。

中华路有一家卖蜜豆冰的——蜜豆冰原来是属于台中的东西（木瓜牛奶也是），但不知什么时候台北也都有了——门前有一副对联，对联的字写得普普通通，内容更谈不上工整，却是情婉意贴，令人动容。

上句是：我们是来自纯朴的小乡村。

下句是：要做大台北无名的耕耘者。

店名就叫"无名蜜豆冰"。

台北的可爱就在各行各业间平起平坐的大气象。

永康街有一家卖面的，门面比摊子大，比店小，常在门口换广告词，冬天是"100℃的牛肉面"。

春天换上"每天一碗牛肉面，力拔山河气盖世"。

这比"日进斗金"好多了，我每看一次简直就对白话文学多生出一份信心。

有一天在剧场里遇见孟瑶，请她去喝豆浆，同车去的还有俞大纲老师和陈之藩夫人，他们都是戏剧家，很高兴地纵论地方剧，忽然，那驾驶员说：

"川剧和湖北戏也都是有帮腔的呀！"

我肃然起敬，不是为他所讲的话，而是为他说话的架势，那种与一代学者比肩谈话也不失其自信的本色。

台北的人都知道自己有讲话的份，插嘴的份。

好几年前，我想找一个洗衣兼打扫的半工，介绍人找了一位洗衣妇来。

"反正你洗完了我家也是去洗别人家的，何不洗完了就替我打扫一下，我会多算钱的。"

她小声地咕哝了一阵，介绍人郑重宣布：

"她说她不扫地——因为她的兴趣只在洗衣服。"

我起先几乎大笑，但接着不由一凛，原来洗衣服也可以是一个人认真的"兴趣"。

原来即使是在"洗衣"和"扫地"之间，人也要有其一本正经的抉择——有抉择才有自主的尊严。

带一位香港的朋友坐出租车去找一个地方，那条路特别不好找，出租车驾驶员找过了头，然后又折回来。

下车的时候，他坚持要扣下多绕了冤枉路的钱。

"是我看错才走错的，怎么能收你们的钱？"

后来死推活拉，总算用折中的办法，把争执的差额付了。香港的朋友简直看得愣住了，我觉得大有面子。

祝福那位驾驶员。

我家附近有一个卖水果的，本来卖许多种水果，后来改了，只卖木瓜，见我走过，总要说一句：

"老师，我现在卖木瓜了——木瓜专科。"

又过了一阵，他改口说：

"老师，现在更进步了，是木瓜大学了。"

我喜欢他那骄矜自喜的神色，喜欢他四个肤色润泽的活蹦乱跳的孩子——大概都是木瓜大学作育有功吧？

隔巷有位老太太，祭祀很诚，逢年过节总要上供，有一天，我经过她设在门口的供桌，大吃一惊，原来她上供的主菜竟是洋芋沙拉，另外居然还有罐头。

后来想，倒也发觉她的可爱，活人既然可以吃沙拉和罐头，让祖宗或神仙换换口味有何不可？

她的没有章法的供菜倒是有其文化交流的意义了。

从前，在中华路平交道口，总是有个北方人在那里卖大饼，我从来没有见过那种大饼整个一块到底有多大，但从边缘的弧度看来直径总超过二尺。

我并不太买那种饼，但每过几个月我总不放心地要去看一眼，我怕吃那种饼的人愈来愈少，卖饼的人会改行，我这人就是"不放心"（和平东路拓宽时，我很着急，生怕师大当局一时兴起，把门口那开满串串黄花的铁刀木砍掉，后来一探还在，高兴得要命）。

那种厚厚硬硬的大饼对我而言差不多是有生命的，北方黄土高原上的生命，我不忍看它在中华路上慢慢绝种。

后来不知怎么搞的，忽然满街都在卖那种大饼，我安心了，真可爱，真好，有一种东西暂时不会绝种了！

华西街是一条好玩的街，儿子对毒蛇发生强烈兴趣的那一阵子我们常去。我们站在毒蛇店门口，一家一家地去看那些百步蛇、眼镜蛇、雨伞蛇……

"那条蛇毒不毒！"我指着一条又粗又大的问店员。

"不被咬到就不毒！"

没料到是这样一句回话，我为之暗自惊叹不已。其实，世事皆可作如是观，有浪，但船没沉何妨视作无浪；有陷阱，但人未失足，何妨视作坦途。

我常常想起那家蛇店。

有一天在一家公司的墙上看到这样一张小纸条：

"请随手关灯，节约能源，支援十大建设。"

看了以后，一下子觉得十大建设好近好近，好像就是家里的事，让人觉得就像自家厨房里要添抽风机或浴室里要添热水炉，或饭厅里要添冰箱的那份热闹亲切的喜气——有喜气就可以省着过日子，省得扎实有希望。

为了整修"我们咖啡屋"，我到八斗子渔港去买渔网，渔网是棉纱的，用山上采来的一种植物染成赭红色，现在一般都用尼龙的了，那种我想要的老式的棉纱渔网已成古董。

　　终于找到一家有老渔网的，他们也是因为舍不得，所以许多年来一直没丢，谈了半天，他们决定了价钱：

　　"二角三！"

　　二角三就是二千三百的意思，我只听见城里市面上的生意人把一万说成一块，没想到在偏僻的八斗子也是这样说的，大家说到钱的时候，全都不当回事，总之是大家都有钱了，把一万元说成一块钱的时候，颇有那种偷偷地志得意满而又谦逊不露的劲头。

　　有一阵子，我的公交月票掉了，还没补办好再买的手续以前，我只好每次买票——但是因为平时没养成那份习惯，每看见车来，很自然地跳上去了，等发现自己没有月票，已经人在车上了。

这种时候，车掌多半要我就便在车上跟其他乘客买票——我买了，但等我付钱时那些买主竟然都说："算了，不要钱了。"一次犹可，连着几次都是这样，使我着急起来，那么多好人，令人"无所逃于天地之间"，长此以往，我岂不成了"免费乘车良策"的发明人了，老是遇见好人也真是让人非常吃不消的事。

我的月票始终没去补办，不过却幸运地被捡到的人辗转寄回来了，我可以高高兴兴地不再受惠于人了——不过偶然想起随便在车上都能遇见那么多肯"施惠于人"的好人，可见好人倒也不少，台北究竟还是个适合人住的地方。

在一家最大规模的公立医院里，看到一个牌子，忍不住笑了起来，那牌子上这样写着：

"禁止停车，违者放气。"

我说不出的喜欢它！

老派的公家机关，总不免摆一下衙门脸，尽量在口气上过官瘾，碰到这种情形，不免要说：

"违者送警"或"违者法办"。

美国人比较干脆，只简简单单地两个大字"NO Parking"——"勿停"。

但口气一简单就不免显得太硬。

还是"违者放气"好，不凶霸不懦弱，一点不涉于官方口吻，而且憨直可爱，简直有点孩子气的作风——而且想来这办法绝对有效。

有个朋友姓李，不晓得走路的习惯是偏于内八字或外八字——总之，他的鞋跟老是磨得内外侧不一样厚。

他偶然找到一个鞋匠，请他换鞋跟，很奇怪的，那鞋匠注视了一下，居然说："不用换了，只要把左右互调一下就是了，反正你的两块鞋跟都还有一半是好用的！"

朋友大吃一惊，好心劝告他这样处处替顾客打算，哪里有钱赚，他却也理直气壮：

"该赚的才赚，不该赚的就不赚——这块鞋底明明还能用。"

朋友刮目相看，然后试探性地问他：

"做了一辈子事，退了役还得补鞋，政府真对不起你。"

"什么？人人要这样一想还得了，其实只有我们对不起政府，政府哪有什么对不起我们的。"

朋友感动不已，嗫嗫嚅嚅地表示要送他一套旧西装（他真的怕会侮辱他），他倒也坦然接受了。

不知为什么，朋友说这故事给我听的时候，我也不觉陌生，而且真切得有如今天早晨我才看过那老鞋匠似的。

有一次在急诊室看医生救病人，病人已经昏迷了，氧气罩也没用了。医生狠劲地用一个类似皮球的东西往里面压缩氧气。

至少是呼吸系统有毛病。

两个医生轮流压，像打仗似的。

渐渐的，他清醒了，但仍说不出话来，医生只好不断发问来让他点头摇头，大概问十几个问题才碰得上一个点头的答案。

他是在路上发病的，一个亲人也没有，送他来的是一个不相干的人。

后来发现他可以写字——虽然他眼睛一直是闭着的。

医生问他的病历，问他是不是服过某些成药，问他现在的感觉，忽然，那医生惊喜地叫了一声：

"写下去，写下去，再写！你写得真好——哎，你的字好漂亮呀！"

整个急救的过程，我都一面看一面佩服，但是当他用欢呼的声音去赞美那病人不成笔画的字的时候，我却为之感动得哽咽起来。

病人果真一路写下去。

也许那病人想起了什么，虽然闭着眼睛，躺在床上仰面而写，手是从生死边缘被救回来的颤抖不已的手——但还有人在赞美他的字！也许是颜体的，也许是柳体，也许什么都不是，只是一个活着的人写的字，可贵的是此刻他的字是"被赞美的字"。

那医生救人的技能来自课本，但他赞美病人的字迹却来自智慧和爱心，后者更足以使整个急救室像殿堂一样地神圣肃穆起来。

在澄清湖的小山上爬着，爬到顶，有点疑惑不知该走哪一条路回去，问道于路旁的一个老兵。

那人简直不会说话得出奇，他说：

"看到路——就走，看到路——就走，再看到路——再走，就到了。"

我心里摇头不已，怎么碰到这么呆的指路人！

赌气回头自己走，倒发现那人说得也没错，的确是"看到路——就走"，渐渐的，也能咀嚼出一点那人言语中的诗意来。天下事无非如此，"看到路——就走"，哪有什么一定的金科玉律，一部二十五史岂不是有路就走——没有路就开路，原来万物的事理是可以如此简单明了——简单明了得有如呆人的一句呆话。

西谚说，把幸运的人丢到河里，他都能口衔宝物而归。我大概也是幸运的人，生活在这座城里，虽也有种种倒霉事，但奇怪的是，我记得住的而且在心中把玩不已的全是这些可爱的片断！这些从生活的渊泽里捞起来的种种不尽的可爱。

月，阙也

"月，阙也。"那是一本两千年前的文学专书的解释。阙，就是"缺"的意思。

那解释使我着迷。

曾国藩把自己的住所题作"求阙斋"，求缺？为什么？为什么不求完美？

那斋名也使我着迷。

"阙"有什么好呢？"阙"简直有点像古中国性格中的一部分，我渐渐爱上了阙的境界。

我不再爱花好月圆了吗？不是的，我只是开始了解花开是一种偶然，但我同时学会了爱它们月不圆花不开的"常态"。

在中国的传统里，"天残地缺"或"天聋地哑"

的说法几乎是毫无疑问地被一般人所接受。也许由于长期的患难困顿，中国神话中对天地的解释常是令人惊讶的。

在《淮南子》里，我们发现中国的天空和中国的大地都是曾经受伤的。女娲以其柔和的慈手补缀抚平了一切残破。当时，天穿了，女娲炼五色石补了天。地摇了，女娲折断了神鳖的脚爪垫稳了四极（多像老祖母叠起报纸垫桌子腿）。她又像一个能干的主妇，扫了一堆芦灰，止住了洪水。

中国人一直相信天地也有其残缺。

我非常喜欢中国西南部某些族的神话，他们说，天地是男神女神合造的。当时男神负责造天，女神负责造地。等他们各自分头完成了天地而打算合在一起的时候，可怕的事发生了：女神太勤快，她们把地造得太大，以至于跟天没办法合得起来了。但是，他们终于想到了一个好办法，他们把地折叠了起来，形成高山低谷，然后，天地才虚合起来了。

是不是西南的崇山峻岭给他们灵感，使他们想起这则神话呢？

天地是有缺陷的，但缺陷造成了皱折，皱折造成了奇峰幽谷之美。月亮是不能常圆的，人生不如意事十常八九；当我们心平气和地承认这一切缺陷的时候，我们忽然发觉没有什么是不可以接受的。

在另一则汉民族的神话里，说到大地曾被共工氏撞不周山时撞歪了——从此"地陷东南"，长江黄河便一路浩浩渺渺地向东流去，流出几千里地惊心动魄的风景。而天空也在当时被一起撞歪了，不过歪的方向相反，是歪向西北，据说日月星辰因此哗啦一声大部分都倒到那个方向去了。如果某个夏夜我们抬头而看，忽然发现群星灼灼然的方向，就让我们相信，属于华夏的天空是"天倾西北"的吧！

五千年来，汉民族便在这歪倒倾斜的天地之间挺直脊骨生活下去，只因我们相信残缺不但是可以接受的，而且是美丽的。

而月亮，到底曾经真正圆过吗？人生世上其实也没有看过真正圆的东西。一张葱油饼不够圆，一块镍币也不够圆。即使是圆规画的圆，如果用高度显微镜来看也不可能圆得很完美。

真正的圆存在于理念之中，而在现实的世界里，我们只能做圆的"复制品"。就现实的操作而言，一截圆规上的铅笔芯在画圆的起点和终点时，已经粗细不一样了。

所有的天体远看都呈球形，但并不是绝对的圆，地球是约略近于椭圆形。

就算我们承认月亮约略的圆光也算圆，它也是"方其圆时，即其缺时"。有如十二点整的钟声，当你听到钟声时，已经不是十二点了。

此外，我们更可以换个角度看，我们说月圆月阙其实是受我们有限的视觉所欺骗。有盈虚变化的是月光，而不是月球本身。月何尝圆，又何尝缺，它只不过像地球一样不增不减地兀自圆着——以它那不十分圆的圆。

花朝月夕，固然是好的，只是真正的看花人哪一刻不能赏花？在初生的绿芽嫩嫩怯怯地探头出土时，花已暗藏在那里。当柔软的枝条试探地在大气中舒手舒脚时，花隐在那里。当蓓蕾悄然结胎时，花在那里。当花瓣怒张时，花在那里。当香销红黯委地成泥的时候，花仍在那里。当一场雨后只见满丛绿肥的时候，花还在那里。当果实成熟时，花恒在那里，甚至当果核深埋地下时，花依然在那里……

或见或不见，花总在那里。或盈或缺，月总在那里。不要做一朝的看花人吧！不要做一夕的赏月人吧！人生在世哪一刻不美好完满？哪一刹不该顶礼膜拜感激欢欣呢？

因为我们爱过圆月，让我们也爱缺月吧——它们原是同一个月亮啊！

顾二娘和欧基芙

　　"这块砚台和别的砚台不同，"台北故宫博物院的导览小姐停下来，让我们看看灯光下那幽玄生辉的石头，"这砚台，制作的人叫顾二娘，女人做砚台，很少见的。"

　　我们都驻足省视那砚台，经她一说，果真看来有点女性趣味，想起吴文英的词"有当时，纤手凝香"，这砚台，也恍惚仍凝聚着三百年前那女子的芬芳手泽。

　　然而，它又简朴清雅而不见繁缛，石材也选得好，沉黑柔腻。论其色，不像矿物，而像最最深情的眉睫的颜色。

　　我对古玩不内行，以前也没想过"砚台皆系男

人手制"的事。听解说小姐之言才猛然惊醒，原来
"琢砚"的精工，本是男人专利——一切技艺性的
传承本不包括女子。但这顾二娘怎么会有这手艺
的呢？

"她丈夫早死，没孩子，侄子又小，只好她接
手来做。"

对，因为接手，所以有了手艺。

顾二娘的侄子后来长大了，技艺已成，便入了
宫，奇怪的是顾家有几代琢砚高手，但留名砚史的
反而是这位媳妇。大概高手必须入宫，入宫以后，
就失去了草莽性格，处处要揣摩王侯的品位，反而
绑手绑脚，不及这顾二娘，于悠闲自在中，深得
石趣。

令人低回的是"她丈夫死了"那句话，让我猛
然想起前些年谢世的美国女画家欧基芙（Georgia
O'Keeffe），她早年跟着摄影家丈夫住纽约，后来，
丈夫死了，她搬到新墨西哥州的圣塔菲古城。面对
西南部的漠漠沙碛，她重新定位属于美国本土的风
景，一直画到九十九岁才死，生命力真是旺盛

惊人。

　　顾二娘和欧基芙用传统社会眼光去看都是"苦命女子"。但事实却不然，她们的生命遭此一劫反而一空依傍而独立自主起来。

　　顾二娘是出生于十七世纪末的人，欧基芙则出生于十九世纪末，顾二娘一生雕琢砚台，欧基芙则跑去画荒原上鲜花和枯骨交错的生生死死。她们原来都可能穷愁一世，但她们却都活得光鲜耀目，熠熠逼人。

　　我再三看橱柜中那精致的砚台，沉实细腻，阅过三百年间的兴亡，而依然安娴贞定，不禁为那一小方的美丽而目驰神授。原来巴掌大的一凹石砚里亦自有它自家的宇宙大化，风雷沼泽，亦自有其春柳舒碧，蒹葭含霜。啊！这令人思之不尽的顾二娘。

🌸 地　泉

有一种东西，我们称之为"诗"。

有人以为诗在题诗的壁上，扇上，搜纳奇句的古锦囊里，或一部毛诗，一卷杜子美里。其实，不是的，诗是地泉，掘地数寻，它便翻涌而出，只要一截长如思绪的汲绠，便可汲出一挑挑一担担透明的诗。

相传佛陀初生，下地即走，而每走一步即地涌金莲，至于我们常人的步履，当然什么也引不起。但我相信，在我们立脚之地，如果掘下去，便是万斛地泉。能一步步踩在隐藏的泉脉之上，比地涌金莲还令人惊颤。

读一切的书，我都忍不住去挖一下，每每在许多最质朴的句子里，蕴结着一股股地泉。古书向来被看作是丧气难读的，其实，古书却是步步地泉，令人忍不住吓一跳，却又欣喜不已的。

虎皮讲座

《名臣言行录·外集》里这样记载：张横渠在京中，坐虎皮说《易经》，忽一日和二程谈《易》，深获于心，第二天便撤去虎皮，令诸生师事二程。

不知为什么，理学家总被常人看作是乏味的一群。但至少，我一想到张横渠，只觉诗意弥弥。

我喜欢那少年好剑跃弛豪纵的关中少年，忽有一天，他发现了比剑还强、比军事还强的东西，那是理。

他坐在一张斑斓的虎皮上，以虎虎的目光，讲生气虎虎的《易经》。

多么迷人多么漂亮的虎皮讲座，因为那样一个人，因为那样一张讲座，连《易经》素黯的扉页都辉亮起来。庖牺氏的八卦从天玄地黄雷霆雨电中浮出，阴爻阳爻从风火云泽中涌现，我一想起来就觉得那样的《易经》讲座必然是诗——雄性的诗。

更动人的是他后来一把推开虎皮椅的决然；那时候，他目光灿烂，是岩下的青电，他推掉了一片虎皮的斑彩，但他已将自己化为一只剪风的巨虎，他更谦逊，更低卑，更接近真理，他炳炳烺烺，是儒门的虎。

那个故事真的是诗——虽然书上都说那是理学家的事迹。

那一千七百二十九只鹤

清朝人赵之谦曾梦见自己进入一片鹤山，在梦中，他仰视满天鹤翅，而且非常清楚地记得有一千七百二十九只，正在这一刹那间，他醒了。

忽然，他急急地打开书箧，把所有的藏书和自己的作品一一列好，编列了一套"仰视一千七百二十九只鹤斋丛书"。

如果把这样的梦境叙述给弗洛伊德听，他会怎么说？

一千七百二十九只鹤，在梦里，在鹤山之上的蓝天！

忽然，他了解，鹤是能飞的书。

而书，他明白了，书是能隐的鹤。

当他梦见鹤，他梦见的是激越的白翅凌空，是直冲云霄的智慧聚舞。每一只鹤是一篇素书。

曾经，他的书只是连篇累牍沉重的宋版或什么版，但梦醒时，满室皆鹤，他才发现每一个人自有他的鹤山供鹤展翅，自有他的寒塘能渡鹤影，知识在一梦之余已化生为智慧。

那真是多么像诗的一个梦啊。

照田蚕

照田蚕的故事，使我读起来想哭，记载的人是范成大。范成大的诗我有时喜欢有时也不怎么佩服，倒是他援笔直书的记载真的让我想哭。

> 村落则以秃帚、若麻藉、竹枝辈，燃火炬，缚长竿之抄，以照田。烂然遍野，以祈丝谷。

怎样的夜，怎样的火炬，怎样的属于农业民族的一首祈祷诗！

腊月里，田是冷的，他们给他火。

半夜里，田是黑的，他们给他亮！

烂然照遍田野的，与其说是火炬，不如说是一双双灼然烨然期待的眼睛。

田地！当我们烛照你，我们也烛照了自己的心田，心是田，田是心，我们是彼此命脉之所系！

给我们丝，给我们谷——而我们，则给你从头到脚的每一寸力量每一分爱……

给我们丝，给我们谷，当火光温柔地舔着你，冷冷的腊月，残酷的空间都因这一舌火光而有情起来……

给我们丝，给我们谷，你这腊月冬残时一无所有，却又生机无限无所不有的田地。

给我们银子似的丝，给我们金子似的谷，我们的土地必须光灿夺目——像一阕梦一样夺目，像一注祷词一样丰富。

给我们丝，给我们谷，给我们可穿的丝，给我们可食的谷……

读着，读着，我会蓦然一惊，仿佛在宋朝的田埂上走着，在火炬的红光中喃喃自祷的人竟是我自己。

尔　雅

释诂、释言、释训、释亲、释宫、释器、释乐、释天、释地、释丘、释山、释水、释草、释木、释虫、释鱼、释鸟、释兽、释畜。

记不得上一次读《尔雅》是什么时候了，好像是大三那年，那时候修"训诂学"，大多数同学其实也只需要看笔记，我大概还算认真一点的，居然去买了一部《尔雅》来圈点。

圈《尔雅》真是累人的，《尔雅》根本是一部字典，好在很薄，我胡乱把它看完了。

许多年过去，忽然有一天我心血来潮地又买了一本《尔雅音图》来看，不是为学分，不是为一份年轻气盛的好强，仅仅出于一种说不出的眷恋。那一年，走进大三的教室，面对黑板做学生——而今，走进大三教室，背负着黑板做老师。时光飞逝，而《尔雅》仍是两千年前的《尔雅》。

一翻目录，已先自惊动了，一口气十九个释，我从前怎么就没看出这种美来，那时的天地是怎样有情，看得出那时代的人自负而快乐，天地山川，日月星辰，草木虫鱼，乃至最不可捉摸的音乐，最现实的牛棚马厩以及最复杂的亲属关系，以及全中国的语言文字，都无一不可了解，因此也就无一不可释义。读《尔雅》，只觉世界是如此简单壮丽，如此明白晓畅，如此婴儿似的清清楚楚一览无遗。仿佛那时代的人早晨一起床，世界便熟悉地向他走拢来，世界对他而言是一张每个答案都知道的考卷，他想不出有什么不心安的事。

> ……鲁有大野……楚有云梦……西南之关者有华山之金石焉……东方有比目鱼，不比不行……南方有比翼鸟焉……不比不飞……

前足皆白的马叫騱，后足皆白的叫𩦂……珪大尺二寸谓之玠，璧大六寸谓之宣……

总之，他们知道前脚或后脚白的马，他们知道所佩的玉怎么区分，他们甚至知道遥远的楚国有一片神秘的大沼泽，而最遥远的边区是神话——介于有与无之间，介于知与不可知之间——比目鱼在东方游着，比翼鸟在南方飞着……汉民族在其间成长着。

读《尔雅》，原来也是可以读得人眼热的！

一人泉

《明一统志》：一人泉在钟山高峰绝顶，仅容一勺，挹之不绝，实山之胜处也。

《福建通志》：在福建龙溪县东鹤鸣山，其泉仅供一人之吸，故名。

"一人泉"在南京和福建都有。

也许正像马鞍山、九曲桥，或者桃花溪、李家庄，是在大江南北什么地方都可能有的地名。

记得明信片上的罗马城，满街都是喷泉，他们硬是把横流的水扭成反弹向天的水晶柱，西方文明就有那么喧嚣光耀，不由人不目夺神移。

但在静夜我查书查到"一人泉"的时候，却觉得心上有一块什么小塞子很温柔地揭开了——不是满城喷泉，而是在某个绝高的峰顶上，一注小小的泉，像一颗心，只能容纳一个朝圣者，但每一次脉搏，涌出的是大地的血髓，千年万世，把一涓一滴的泉给了水勺。

脉脉涌动，挹之不绝，一注东方的泉。在龟

山，在福建龙溪县的东鹤鸣山，以及在我心的绝峰上。

米　泉

白居易诗里有"米泉之精"的句子，"米泉"指的是酒。用"米泉"称酒，真的差不多有一种现代诗的美感了！

酿酒的应该是最神奇的魔术家，酿者真的在从事一种比炼金术还奇异的法术。

"米泉"那两个字用得太好，仿佛从米上凿了一眼泉，而酒，就欣然地涌跃出来，涌成甘醴。

有时候不必去读一首诗，单只读一个酒的绰号，已令人心驰。

笔　星

彗星，中国人也将之称为笔星。

"笔星"两字也的确诗意得紧。

设想在一张幽玄的大纸上，倏的有人挥上光灿的一笔，你惊惧四顾，笔已摧折，而那笔酣墨润的一笔已成绝响。怎么的笔，千年万世，蓄势而发，只待写下那一画！所有的光华，只爆作长夜中一弹指的灿烂。

夏夜的长空，我读那些一行行惊心动魄的绝笔。

地　气

对汉民族而言，地气是真的存在的。《续汉书》上这样记载：

候气之法，于密室中以木为案，置十二律
琯，各如其方，实以葭灰，覆以缇縠，气至则
一律飞灰。

我始终没有去做过那样的实验，对这种事情，
我竟完全不疑古，我宁可承认土地有生命，它会呼
吸，会吐纳，会在松松白白的雪毯下冬眠，而且会
醒来，会长啸。并且相传会用它胸臆的一股气托住
一只鸡蛋，使之不倾跌。时而会顽皮地飞腾而起，
像一个吹蛋糕上蜡烛的孩子，他鼓满一口气，吹散
葭灰——季节就在满室掌声中开始了！

做实验吗，当然不必，土地一定是有生命的，
他负责把稻子往上托，把麦子往上送，他在玉蜀黍
田里释放出千条绿龙，他蒸腾得桃树李树非花不
可，催得瓜果非熟不可——世界上怎么可能没有
地气！

想出"地气"那两个字的人，一定是一个
诗人。

我喜欢

我喜欢活着，生命是如此地充满了愉悦。

我喜欢冬天的阳光，在迷茫的晨雾中展开。我喜欢那份宁静淡远，我喜欢那没有喧哗的光和热，而当中午，满操场散坐着晒太阳的人，那种原始而纯朴的意象总深深地感动着我的心。

我喜欢在春风中踏过窄窄的山径，草莓像精致的红灯笼，一路殷勤地张结着。我喜欢抬头看树梢尖尖的小芽儿，极嫩的黄绿色中透着一派天真的粉红——它好像准备着要奉献什么，要展示什么。那柔弱而又生意盎然的风度，常在无言中教导我一些最美丽的真理。

我喜欢看一块平平整整、油油亮亮的秧田。那细小的禾苗密密地排在一起，好像一张多绒的毯子，是集许多翠禽的羽毛织成的，它总是激发我想在上面躺一躺的欲望。

我喜欢夏日的永昼，我喜欢在多风的黄昏独坐在傍山的阳台上。小山谷里的稻浪推涌，美好的稻香翻腾着。慢慢地，绚丽的云霞被浣净了，柔和的晚星遂一一就位。我喜欢观赏这样的布景，我喜欢坐在那舒服的包厢里。

我喜欢看满山芦苇，在秋风里凄然地白着。在山坡上，在水边上，美得那样凄凉。那次，刘告诉我他在梦里得了一句诗："雾树芦花连江白。"意境是美极了，平仄却很拗口。想凑成一首绝句，却又不忍心改它。想联成古风，又苦再也吟不出相当的句子。至今那还只是一句诗，一种美而孤立的意境。

我也喜欢梦，喜欢梦里奇异的享受。我总是梦见自己能飞，能跃过山丘和小河。我总是梦见奇异的色彩和悦人的形象。我梦见棕色的骏马，发亮的鬃毛在风中飞扬。我梦见成群的野雁，在河滩的丛草中歇宿。我梦见荷花海，完全没有边际，远远在炫耀着模糊的香红——这些，都是我平日不曾见过的。最不能忘记那次梦见在一座紫色的山峦前看日出——它原来必定不是紫色的，只是翠岚映着初升的红日，遂在梦中幻出那样奇特的山景。

我当然同样在现实生活里喜欢山，我办公室的长窗便是面山而开的。每次当窗而坐，总沉得满几尽绿，一种说不出的柔弱。较远的地方，教堂尖顶的白色十字架在透明的阳光里巍立着，把蓝天撑得高高的。

我还喜欢花，不管是哪一种。我喜欢清瘦的秋菊、浓郁的玫瑰、孤洁的百合，以及幽闲的素馨。我也喜欢开在深山里不知名的小野花。十字形的、斛形的、星形的、球形的。我十分相信上帝在造万花的时候，赋给它们同样的尊荣。

我喜欢另一种花儿，是绽开在人们笑颊上的。当寒冷的早晨我走在巷子里，对门那位清癯的太太笑着说："早！"我就忽然觉得世界是这样的亲切，我缩在皮手套里的指头不再感觉发僵，空气里充满了和善。

当我到了车站开始等车的时候，我喜欢看见短发齐耳的中学生，那样精神奕奕的，像小雀儿一样快活的中学生。我喜欢她们美好宽阔而又明净的额头，以及活泼清澈的眼神。每次看着他们老让我想起自己，总觉得似乎我仍是他们中间的一个。仍然单纯地充满了幻想，仍然那样容易受感动。

当我坐下来，在办公室的写字台前，我喜欢有人为我送来当天的信件。我喜欢读朋友们的信，没有信的日子是不可想象的。我喜欢读弟弟妹妹的信，那些幼稚纯朴的句子，总是使我在泪光中重新看见南方那座燃遍凤凰花的小城。最不能忘记那年夏天，德从最高的山上为我寄来一片蕨类植物的叶子。在那样酷暑的气候中，我忽然感到甜蜜而又沁人的清凉。

我特别喜爱读者的信件，虽然我不一定有时间回复。每次捧读这些信件，总让我觉得一种特殊的激动。在这世上，也许有人已透过我看见一些东西。这不就够了吗？我不需要永远存在，我希望我所认定的真理永远存在。

　　我把信件分放在许多小盒子里，那些关切和情谊都被妥善地保存着。

　　除了信，我还喜欢看一点书，特别是在夜晚，在一灯荧荧之下。我不是一个十分用功的人，我只喜欢看词曲方面的书。有时候也涉及一些古拙的散文，偶然我也勉强自己看一些浅近的英文书，我喜欢他们文字变化的活泼。

　　夜读之余，我喜欢拉开窗帘看看天空，看看灿如满园春花的繁星。我更喜欢看远处山坳里微微摇晃的灯光。那样模糊，那样幽柔，是不是那里面也有一个夜读的人呢？

　　在书籍里面我不能自抑地要喜爱那些泛黄的线装书，握着它就觉得握着一脉优美的传统，那涩黯的纸面蕴含着一种古典的美。我很自然地想到，有几个人执过它，有几个人读过它。他们也许都过去了。历史的兴亡、人物的迭代本是这样虚幻，唯有书中的智慧永远长存。

　　我喜欢坐在汪教授家中的客厅里，在落地灯的柔辉中捧一本线装的昆曲谱子。当他把旧得发亮的褐色笛管举到唇边的时候，我就开始轻轻地按着板眼唱起来，那柔美幽咽的水磨调在室中低回着，寂寞而空荡，像江南一池微凉的春水。我的心遂在那古老的音乐中体味到一种无可奈何的轻愁。

我就是这样喜欢着许多旧东西。那块小毛巾，是小学四年级参加儿童周刊父亲节征文比赛得来的。那一角花岗石，是小学毕业时和小曼敲破了各执一半的。那个布娃娃是我儿时最忠实的伴侣。那本毛笔日记，是七岁时被老师逼着写成的。那两只蜡烛，是我过二十岁生日的时候，同学们为我插在蛋糕上的……我喜欢这些财富，以致每每整个晚上都在痴坐着，沉浸在许多快乐的回忆里。

我喜欢翻旧相片，喜欢看那个大眼睛长辫子的小女孩。我特别喜欢坐在摇篮里的那张，那么甜美无忧的时代！我常常想起母亲对我说："不管你们将来遭遇什么，总是回忆起来，人们还有一段快活的日子。"是的，我骄傲，我有一段快活的日子——不只是一段，我相信那是一生悠长的岁月。

我喜欢把旧作品一一检视，如果我看出已往作品缺点，我就高兴得不能自抑——我在进步！我不是在停顿！这是我最快乐的事了，我喜欢进步！

　　我喜欢美丽的小装饰品，像耳环、项链、和胸针。那样晶晶闪闪的、细细微微的、奇奇巧巧的。它们都躺在一个漂亮的小盆子里，炫耀着不同的美丽，我喜欢不时看看它们，把它们佩在我的身上。

　　我就是喜欢这样松散而闲适的生活，我不喜欢精密地分配时间，不喜欢紧张地安排节目。我喜欢许多不实用的东西，我喜欢充足的沉思时间。

　　我喜欢晴朗的礼拜天清晨，当低沉的圣乐冲击着教堂的四壁，我就忽然升入另一个境界，没有纷扰，没有战争，没有嫉恨与恼怒。人类的前途有了新光芒，那种确切的信仰把我带入更高的人生境界。

　　我喜欢在黄昏时来到小溪旁。四顾没有人，我便伸足入水——那被夕阳照得极艳丽的溪水，细沙从我趾间流过，某种白花的瓣儿随波飘去，一会儿就幻灭了——这才发现那实在不是什么白花瓣儿，只是一些被石块激起来的浪花罢了。坐着，坐着，好像天地间流动着和暖的细流。低头沉吟，满溪红霞照得人眼花，一时简直觉得双足是浸在一钵花汁里呢！

我更喜欢没有水的河滩，长满了高及人肩的蔓草。日落时一眼望去，白石不尽，有着苍莽凄凉的意味。石块垒垒，把人心里慷慨的意绪也堆叠起来了。我喜欢那种情怀，好像在峡谷里听人喊秦腔，苍凉的余韵回转不绝。

我喜欢别人不注意的东西，像草坪上那株没人理会的扁柏，那株瑟缩在高大龙柏之下的扁柏。每次我走过它的时候总要停下来，嗅一嗅那股儿清香，看一看他谦逊的神气。有时候我又怀疑它是不是谦逊，因为也许它根本不觉得龙柏的存在。又或许他虽知道有龙柏存在，也不认为伟大与平凡有什么两样——事实上伟大与平凡的确也没有什么两样。

我喜欢朋友，喜欢在出其不意的时候去拜访他们。尤其喜欢在雨天去叩湿湿的大门，在落雨的窗前话旧真是多么美。记得那次到中部去拜访芷的山居，我永不能忘记她看见我时的惊呼。当她连跑带跳地来迎接我，山上阳光就似乎忽然炽燃起来了。我们走在向日葵的荫下，慢慢地倾谈着。那迷人的下午像一阕轻快的曲子，一会儿就奏完了。

我极喜欢，而又带着几分崇敬去喜欢的，便是海了。那辽阔，那淡远，都令我心折。而那雄壮的气象，那平稳的风范，以及那不可测的深沉，一直向人类作着无言的挑战。

我喜欢家，我从来还不知道自己会这样喜欢家。每当我从外面回来，一眼看到那窄窄的红门，我就觉得快乐而自豪，我有一个家多么奇妙！

我也喜欢坐在窗前等他回家来。虽然过往的行人那样多，我总能分辨他的足音。那是很容易的，如果有一个脚步声，一入巷子就开始跑，而且听起来是沉重急速的大阔步，那就准是他回来了！我喜欢他把钥匙放进门锁中的声音，我喜欢听他一进门就喘着气喊我的英文名字。

我喜欢晚饭后坐在客厅里的时分。灯光如纱，轻轻地撒开。我喜欢听一些协奏曲，一面捧着细瓷的小茶壶暖手。当此之时，我就恍惚能够想象一些田园生活的悠闲。

我也喜欢户外的生活，我喜欢和他并排骑着自行车。当礼拜天早晨我们一起赴教堂的时候，两辆车子便并驰在黎明的道上，朝阳的金波向两旁溅开，我遂觉得那不是一辆脚踏车，而是一艘乘风破浪的飞艇，在无声的欢唱中滑行。我好像忽然又回到刚学会骑车的那个年龄，那样兴奋，那样快活，那样唯我独尊——我喜欢这样的时光。

我喜欢多雨的日子。我喜欢对着一盏昏灯听檐雨的奏鸣。细雨如丝，如一天轻柔的叮咛。这时候我喜欢和他共撑一柄旧伞去散步。伞际垂下晶莹成串的水珠——一幅美丽的珍珠帘子。于是伞下开始有我们宁静隔绝的世界，伞下缭绕着我们成串的往事。

我喜欢在读完一章书后仰起脸来和他说话，我喜欢假想许多事情。

"如果我先死了，"我平静地说着，心底却泛起无端的哀愁，"你要怎么样呢?"

"别说傻话，你这憨孩子。"

"我喜欢知道，你一定要告诉我，如果我先死了，你要怎么办?"

他望着我，神色愀然。

"我要离开这里，到很远的地方去，去做什么，我也不知道，总之，是很遥远的很蛮荒的地方。"

"你要离开这屋子吗?"我急切地问，环视着被布置得像一片紫色梦谷的小屋。我的心在想象中感到一种剧烈的痛楚。

"不，我要拼着命去赚很多钱，买下这栋房子。"他慢慢地说，声音忽然变得凄怆而低沉。

"让每一样东西像原来那样被保持着。哦，不，我们还是别说这些傻话吧!"

我忍不住清泪泫然了，我不明白，为什么我喜欢问这样的问题。

"哦，不要痴了，"他安慰着我，"我们会一起死去的。想想，多美，我们要相偕着去参加天国的盛会呢!"

我喜欢相信他的话，我喜欢想象和他一同跨入永恒。

　　我也喜欢独自想象老去的日子，那时候必是很美的。就好像夕晖满天的景象一样。那时再没有什么可争夺的，可流连的。一切都淡了，都远了，都漠然无介于心了。那时候智慧深邃明彻，爱情渐渐醇化，生命也开始慢慢蜕变，好进入另一个安静美丽的世界。啊，那时候，那时候，当我抬头看到精金的大道，碧玉的城门，以及千万只迎我的号角，我必定是很激励而又很满足的。

　　我喜欢，我喜欢，这一切我都深深地喜欢！我喜欢能在我心里充满着这样多的喜欢！

图书在版编目（CIP）数据

我交给你们一个孩子 / 张晓风著. — 成都：四川
人民出版社，2022.11（2023.9重印）
ISBN 978−7−220−12804−2

Ⅰ.①我… Ⅱ.①张… Ⅲ.①散文集−中国−当代
Ⅳ.①I267

中国版本图书馆 CIP 数据核字（2022）第 174229 号

WO JIAOGEI NIMEN YIGE HAIZI

我交给你们一个孩子

张晓风 著

出 版 人	黄立新
责任编辑	刘姣娇
责任校对	刘 静
装帧设计	张迪茗
责任印制	祝 健
出版发行	四川人民出版社（成都三色路 238 号）
网 址	http://www.scpph.com
E-mail	scrmcbs@sina.com
新浪微博	@四川人民出版社
微信公众号	四川人民出版社
发行部业务电话	（028）86361653 86361656
防盗版举报电话	（028）86361653
照 排	四川胜翔数码印务设计有限公司
印 刷	四川机投印务有限公司
成品尺寸	145mm×210mm
印 张	8.5
字 数	150 千
版 次	2023 年 1 月第 1 版
印 次	2023 年 9 月第 2 次印刷
书 号	ISBN 978−7−220−12804−2
定 价	58.00 元